5分でドキッとする!
意外な恋の物語
Unexpected love stories
『このミステリーがすごい!』編集部 編

宝島社

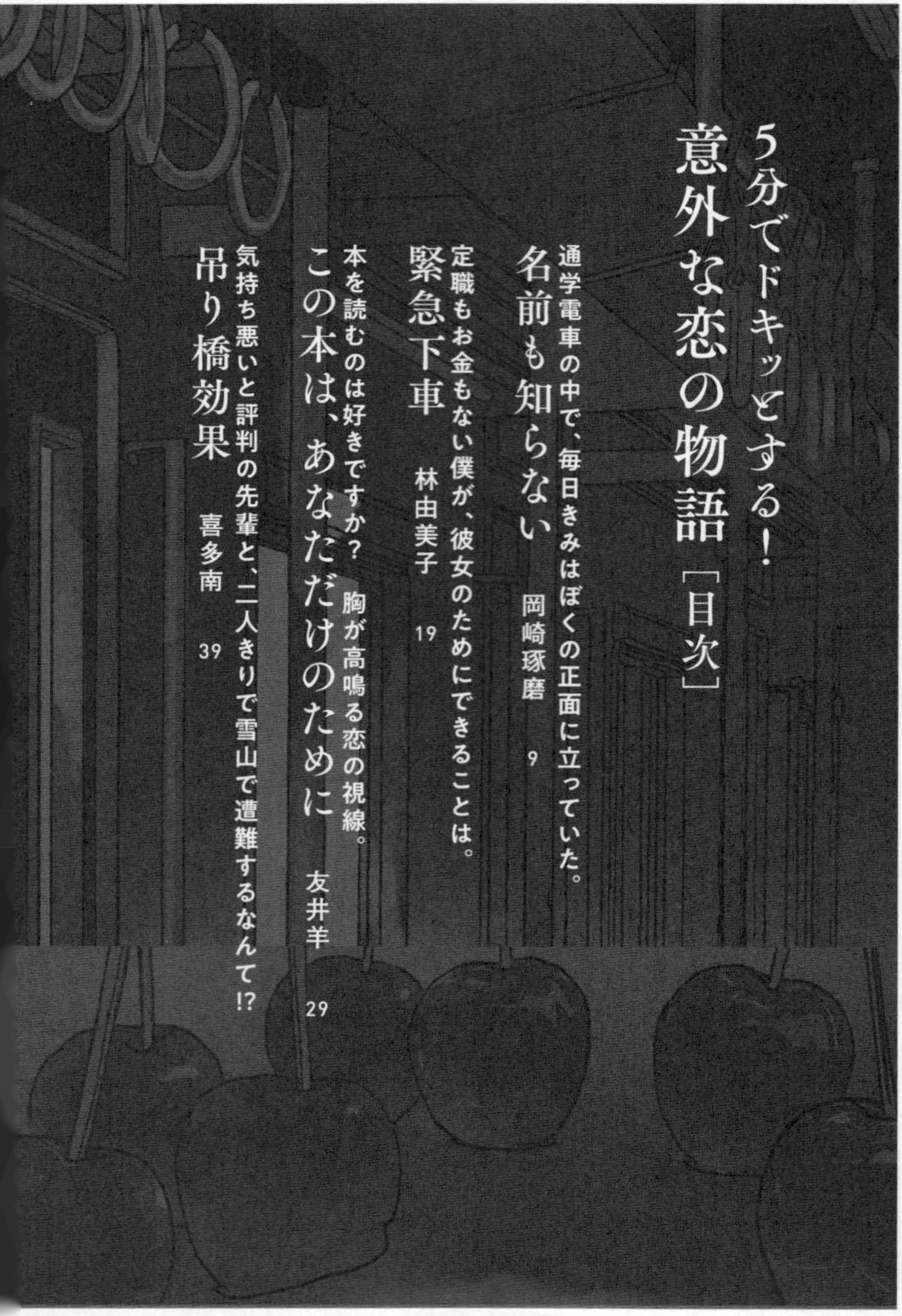

5分でドキッとする！ 意外な恋の物語［目次］

通学電車の中で、毎日きみはぼくの正面に立っていた。
名前も知らない　岡崎琢磨　9

定職もお金もない僕が、彼女のためにできることは。
緊急下車　林由美子　19

本を読むのは好きですか？　胸が高鳴る恋の視線。
この本は、あなただけのために　友井羊　29

気持ち悪いと評判の先輩と、二人きりで雪山で遭難するなんて!?
吊り橋効果　喜多南　39

5分でドキッとする!
意外な恋の物語

『このミステリーがすごい!』編集部 編

宝島社
文庫

宝島社

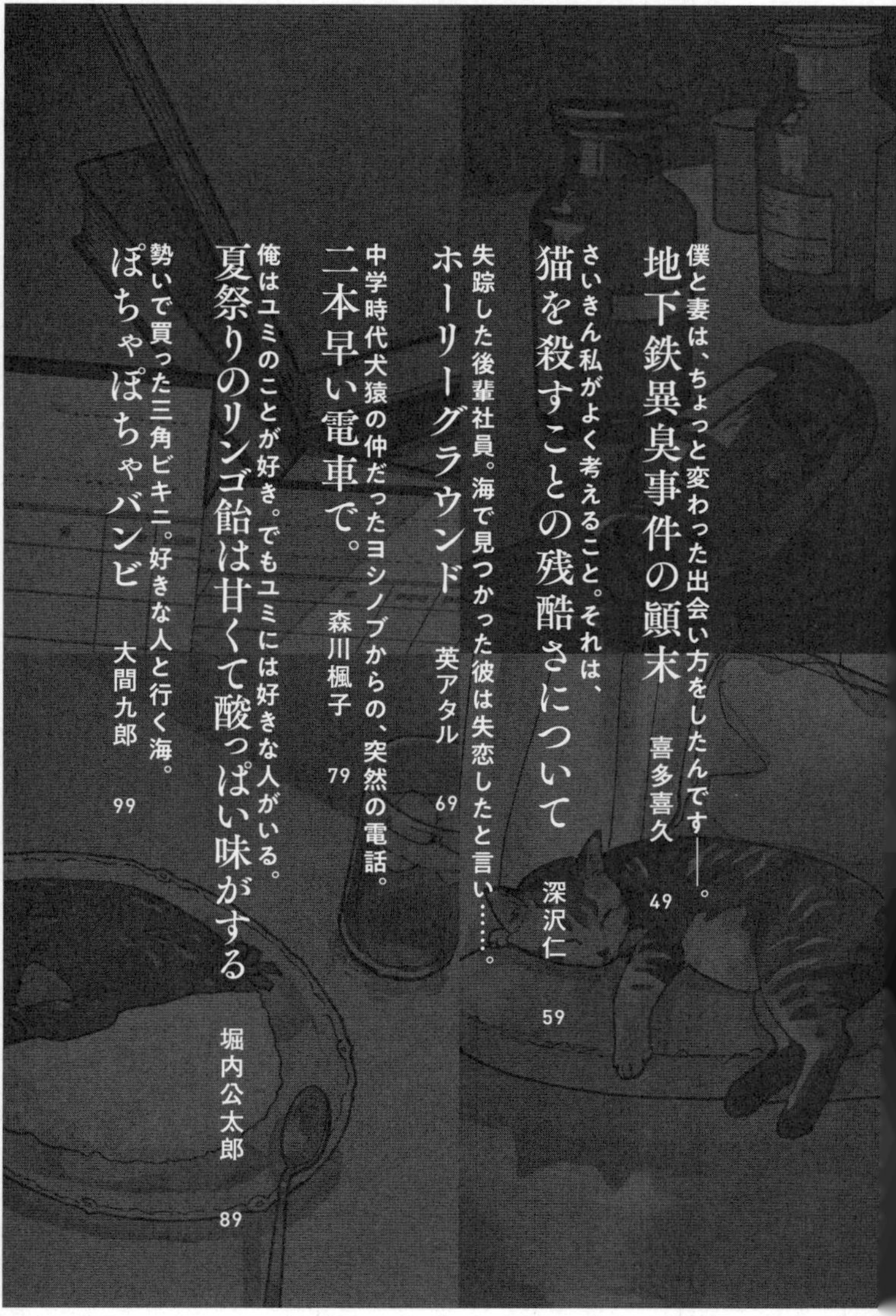

僕と妻は、ちょっと変わった出会い方をしたんです――。
地下鉄異臭事件の顛末　喜多喜久　49

さいきん私がよく考えること。それは、
猫を殺すことの残酷さについて　深沢仁　59

失踪した後輩社員。海で見つかった彼は失恋したと言い……。
ホーリーグラウンド　英アタル　69

中学時代犬猿の仲だったヨシノブからの、突然の電話。
二本早い電車で。　森川楓子　79

俺はユミのことが好き。でもユミには好きな人がいる。
夏祭りのリンゴ飴は甘くて酸っぱい味がする　堀内公太郎　89

勢いで買った三角ビキニ。好きな人と行く海。
ぽちゃぽちゃバンビ　大間九郎　99

喧嘩ばかりしていた老夫婦が、恋の歌に託したメッセージ。
五十六　加藤鉄児　109

あの日彼女と見上げた星空が、今でも網膜に焼き付いて離れない。
星天井の下で　辻堂ゆめ　121

バツイチのシングルマザー。顔は悪いが、料理には自信アリ。
腐りかけロマンティック　深沢仁　131

時は幕末。英国人に捨てられた少女と、名前のない猫。
猫の恋　天田式　141

彼に別れを告げられた日。もう一度彼の大好物を作る。
私のカレーライス　佐藤青南　151

ミステリー小説に挟まれた謎のカードが意味するものとは？
きっかけ　喜多喜久　161

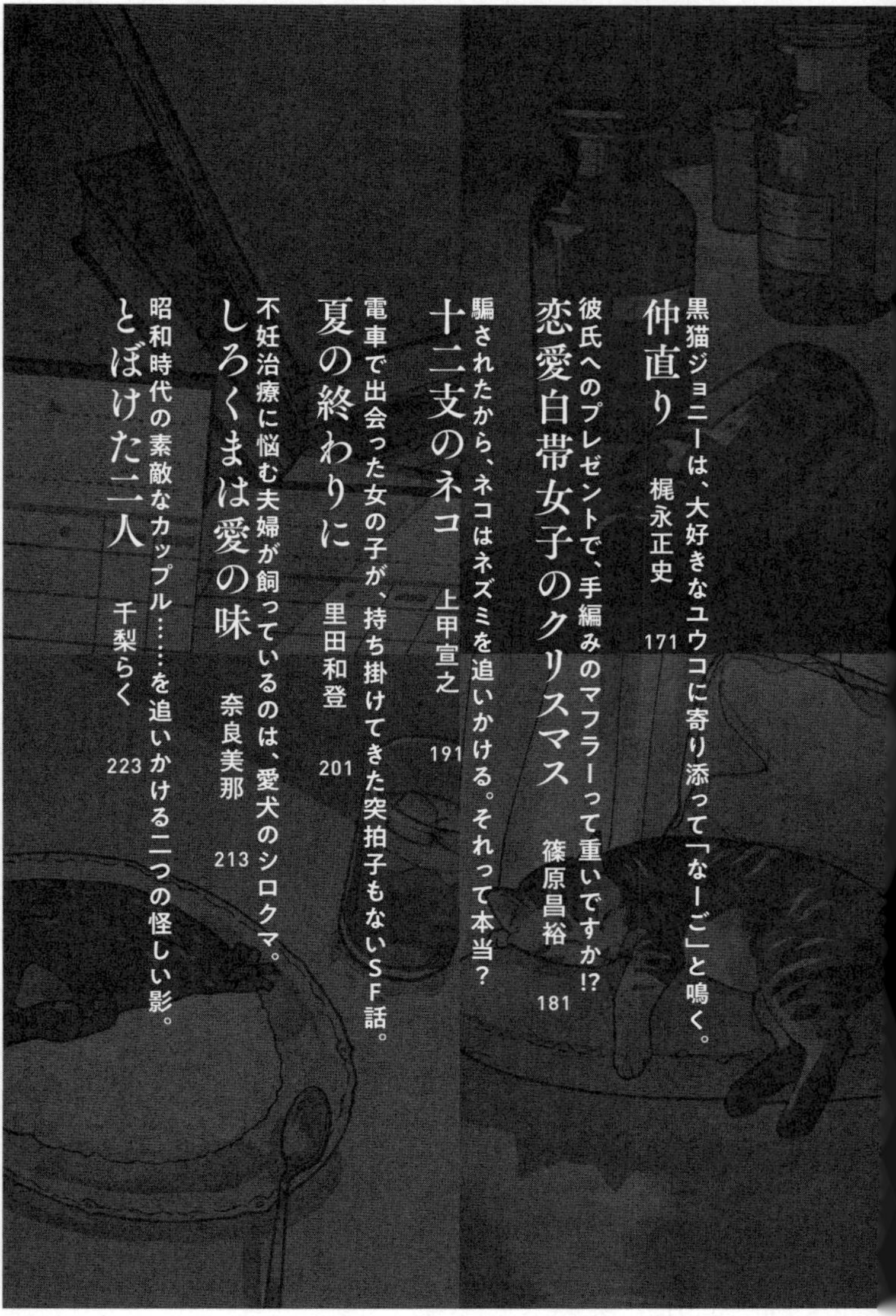

黒猫ジョニーは、大好きなユウコに寄り添って「なーご」と鳴く。
仲直り　梶永正史　171

彼氏へのプレゼントで、手編みのマフラーって重いですか!?
恋愛白帯女子のクリスマス　篠原昌裕　181

騙されたから、ネコはネズミを追いかける。それって本当？
十二支のネコ　上甲宣之　191

電車で出会った女の子が、持ち掛けてきた突拍子もないSF話。
夏の終わりに　里田和登　201

不妊治療に悩む夫婦が飼っているのは、愛犬のシロクマ。
しろくまは愛の味　奈良美那　213

昭和時代の素敵なカップル……を追いかける二つの怪しい影。
とぼけた二人　千梨らく　223

一年に一度、一時間だけ、あたしは未来のあたしに会いに行ける。
一年後の夏　喜多南　233

もう三十年近く前、噺家だった俺が勝負に出た、ある演目。
初天神　降田天　243

あの日彼女がわたしにくれた花を、今日わたしは彼女に捧げる。
アンゲリカのクリスマスローズ　中山七里　255

執筆者プロフィール一覧　267

名前も知らない

岡崎琢磨

初出『5分で読める！　ひと駅ストーリー　夏の記憶　西口編』（宝島社文庫）

よく降るね。

夏至《げし》、というと一年でもっとも昼が長い日のことを指し、いかにも夏本番という字面《じづら》だけど、実態は梅雨《つゆ》真っ盛りでちっとも夏だという感じがしないね。こうして電車のロングシートに座り、向かいの窓に激しく叩《たた》きつける雨粒を眺めていると、またダイヤが乱れてしまうんじゃないか、なんてことを心配せずにはいられない。

向かいの窓、か。あの頃のぼくもたぶんこうして、日常的に窓を眺めていたんだろうな。だけど当時のことを振り返ると、どうしても、きみがぼくの正面に立ち視界をふさいでいた光景ばかり思い出すんだ。

口を利いたこともない、名前も知らないきみと過ごす毎朝、たったひと駅の数分間。

そんな、何でもない時間が、あの頃のぼくにはこの上なく愛《いと》おしかった。

きみのいなくなった正面を眺めていると、ぼくは今でもあの頃の気持ちを思い出すよ。

きみとの時間が始まったのは、ちょうど五年前の今頃、ぼくらが高校に入学してまだ日も浅い六月のことだったね。

朝の電車は、おおよそ決まった人が決まった車両に乗り込み、座る位置や立ち位置も決まってくる。ぼくの自宅の最寄り駅では、まだ車内もそう混んではおらず、ぼくは毎朝同じ電車に乗ると、いつも同じ場所にある空席に腰を下ろしていた。

電車はしだいに都市部へ近づき、ひと駅ごとに乗客の数は増え、きみが乗ってくる駅に着く頃には空席はなくなっている。車両の中で立っているしかないきみは、いつも必ずロングシートに座るぼくの姿を見つけて正面に立ち、吊《つ》り革につかまる。

きみは知っているんだ。次の駅で、ぼくが電車を降りることを。

そしてきみは、空いた席に腰を下ろすんだ。ぼくの温《ぬく》もりが、まだほんのり残っているであろうシートに。

電車を降りたぼくが向かうのは、偏差値も、校風も、取り立ててどうということもない、至って平凡な公立高校だ。一方きみは、さらに三つ先の駅のすぐそば、繁華街にほど近い丘の上にある高校の制服を着ていた。学校行事は大々的で華やか、制服がお洒落《しゃれ》で偏差値も高く、この界隈《かいわい》の中高生にとって憧れとも言うべき私立高校だよ。

きみは毎日そこへ通い勉強をしながら、おそらくは進学を希望する。志望校として一番可能性が高いのは、ぼくらが通学に利用している電車の終着駅から校舎が見える、優秀なあの国立大学だろう。きみの高校に在籍する生徒の多くが、その大学を目指すようにね。

もちろんどこか違う街にある学校を志望するかもしれないし、万が一受験に失敗したなら、きみの高校の付近に集中している予備校へ通うことになるのかもしれない。

著名な進学校に通うきみだから、たぶん進学しないということはないと思う。

きみの名前すら知らないぼくに想像できるのは、せいぜいその程度のことしかなかった。かと言って、きっかけもないのにきみに話しかけるなど、引っ込み思案なぼくにはとうていできそうもない。だから、きみのことをもっと知りたいと思っても、全然気にしていないふりをしながら、こっそりきみを観察するくらいしかできなかったよ。

毎朝、きみはぼくの正面に立つ。

あるときは、とても眠そうにしていた。またあるときは何かいいことがあったのか、こみ上げる笑みをこらえきれない様子だった。あるときはマスクをしていても隠せないくらい顔色が悪かったし、あるときは文庫本を読んでいて、その作品がよほど気に入ったらしく、同じ作家の著書はしばらくきみの通学のお供となった。

あるときは、きみのクラスメイトらしき男子とともに乗車してきた。

彼はきみのことを変わったあだ名で呼んでいて、二人はとても親しげに見えた。最初は駅で偶然出会ったんだろうと思っていたけど、彼との通学はその後、週末をはさんで十日も連続した。なぜかその間もきみは、ぼくの前に立つのをやめなかったね。

久々に彼が隣にいなかった朝、きみは泣きはらしたような目をしていた。

何が起きたかは知る由《よし》もなかったけど、目の前にいるきみはとても遠く、まぶしく感じられた。学校でも悪目立ちしないことばかり考え、誰の印象にも残らないであろうぼくとは違って、等身大で日々を過ごしているんだろうなという気がした。そんなきみのことをぼくは、うらやましいとも思ったし、妬《ねた》みもしたし、きみが涙を流さなければいけなかった事情を心配した反面、ちょっぴり意地悪な感情を抱きさえした。

わかってる。すべてはぼくの勝手な想像だ。けれどもぼくは、そうやってきみのことを思いながら過ごす時間が、たったのひと駅が、とても愛おしかったんだよ。だから、特に楽しいことのない学校へ向かうのも、ちっとも苦痛じゃなかったし、ひたすら勉強に打ち込むだけの毎日も、その数分間で報われるように感じていたんだ。

またたく間に、三年近い月日が流れた。

三月一日。ぼくが、そしてきみも、通い慣れた高校を卒業する日だ。

いつもの時間に電車に乗ると、きみもいつもの駅、いつもの場所で電車を待っていて、いつものようにぼくの正面に立った。

愛しき時間も今日で終わりだ。ひと駅はすぐに、何事もなく過ぎてしまう。

何か、きみに言葉をかけたいと思った。強く思った。でもぼくにそれができるなら、これまでのどこかでとっくにそうしていただろう。

電車が次の駅に停まる。ぼくは無言で腰を上げ、ホームに降り立った。すると——。

「あの」

震える声で、きみはぼくを呼び止めた。

そして、深々と頭を下げたんだ。

「本当に、ありがとうございました」

自動扉が閉まり、電車はきみを乗せたまま、彼方へと走り去っていった。

——あぁ、やっぱりきみは気づいていたのか。やっぱりきみは、憶《おぼ》えていたのか。

あれは五年前、ぼくらがまだ高校一年生だったある朝のことだ。活発化した梅雨前線の降らせた豪雨の影響で、ダイヤが大幅に乱れ、駅のホームは電車を待つ人でごった返していた。

ぼくは、そしておそらくきみも、いつもどおりの時間に駅へ向かい、遅れてきた電車にうまい具合に乗り込んだ。ぼくがシートに腰を下ろした時点で空席はなくなり、きみの駅に着く頃には、車内はすっかりすし詰めと化していた。

その、満員の車内できみは、ちょうどぼくの正面で、痴漢に遭《あ》ったんだ。

聞いたことがある。六月は衣《ころも》替《が》えの時期にあたり、女性が薄着になることから、一年でもっとも痴漢が増える時期だと。あるいは電車が遅れたことによる苛立《いらだ》ちや、普段よりもはるかに乗客の数が多く、他人と密着していたことなどが、そうした犯罪を誘発したのかもしれない。

ぼくは、見ず知らずのきみを、助けなければと思った。

次の駅で電車を降りるとき、人をかきわけて強引に進むふりをして、痴漢を車両の外へと押し出した。ぼくにとってはそれが、精いっぱいの勇気だったんだ。

それと知れぬように助けたから、きみが気づいたかはわからなかった。ただ、それから程なくしてきみはぼくの正面に立つようになった。また怖い目に遭ったとき、きっと助けてもらえると信じて。ぼくがそばにいられるのは、ひと駅の間だけなのに。

本当は、そうかもしれないと思っていたんだ。なのにぼくときたら、きみは単に席が空くのを待っているだけなんだ、と自分に言い聞かせながら毎朝を過ごしていた。

きみがお礼を言って初めて、何でもない時間や、月日や、きみだけを乗せた電車を見送り続けたことを心底悔やんだよ。

数週間が経《た》ち、ぼくは晴れて大学へ進学した。

入学式当日、慣れないスーツに身を包み、これまでより一時間ほど遅い電車に乗る。たった一時間の差で、ラッシュを逃れた電車はこんなにも空いているものなのか、と思った。かつて満たされていた頃との対比で、いっそうがらんとして見える車内に空《むな》しさを覚えているうちに、電車はきみがいつもいた駅に着き、自動扉が開いた。

——そこに、きみはいたんだったね。ぼくを見つけた顔が、とても驚いていた。

きみは開襟シャツとスーツを着て、入学式に向かうことは一目瞭然だった。その日、入学式をおこなう学校は、沿線にはぼくが進学した国立大学しかなかった。

きみの高校の生徒ならば、その大学を目指すのはありふれたことだったろう。けれどもぼくはそうじゃない。偏差値に見合わない大学を志望し、周囲に無理だと嘲《あざけ》られながらもしゃにむに勉強に励み、何とか受験に合格した。理由はひとつ。きみが、その大学へ通うことになった場合に備えたんだ。

もしきみが遠い街にある学校に通うなら、その近くに住めば通学に公共交通機関を利用する必要はない。でも、地元の大学、もしくは予備校だとそうはいかない。そうするときみは、かつて自身を襲った体験に恐怖しながら通学することになる。そうならないための方法として考えついたのが、ぼくがあの大学に通うことだったんだ。

たしかに想定した事態ではあった。けれども目の前の光景をぼくは、ただただ信じられない思いで見つめた。それは数週間前までの、そして三年近くに及ぶ愛しき時間の再現だった。きみは開いた乗降口から電車に乗り、何をするわけでもないぼくを頼って、ぼくの正面に——。

ところが、だ。再現なんてのはしょせん、ぼくの幻想に過ぎなかったんだ。

なぜならきみは、ぼくの正面には立たなかったのだから。

――もうすぐ終点だ。向かいの窓に、大学の校舎が見えてきたね。

あの日、それを眺めたときの気持ちを思い出すよ。高校生の頃より一時間遅い電車は空いていて、きみの駅に着いた時点でもじゅうぶん空席があったんだったね。

そう、きみはぼくの正面に立たなかった。代わりに、ぼくの隣に座ったんだ――ちょうど、きみが今そうしているようにね。

とたん、きみと話したかったことが、胸の内側で堰《せき》を切ったようにあふれたよ。

好きな色は何。食べ物は。音楽は。尊敬する人は誰。休みの日には何してる。学部はどこ。どんなサークルに入る。いつか笑っていたのはどんないいことがあったんだい。顔色が悪かったときは心配したけど、あれから病気はしていないかい。お気に入りの作家、どの作品がお薦めかな。いつか横にいた彼とはどうなったの。ぼくは嫉妬したんだよ。気にしないふりをしていたけど、本当はあんな風にきみと楽しく話ができたらって、ずっと思っていたんだよ。いや、そんなことよりも――。

「名前、何ていうの」

初めて、ぼくはきみに話しかけた。何よりも訊《き》きたかったことを訊いたんだ。

きみははっとしてうつむき、とても小さな、恥じらうような声で答えた。

そのときぼくは、思ったんだよ――あぁ、素敵な名前だなぁ、って。

さぁ、降りようか。今日もいい一日になるといいね。

緊急下車　林由美子

初出『5分で読める！　ひと駅ストーリー　降車編』（宝島社文庫）

僕は、毎朝六時二十分に駅の改札口を通過する。

ひと駅先の佐々島《ささじま》駅で斡旋《あっせん》される仕事にありつくためだ。

駅ホームの広告パネルの前を歩く僕は、貼りっ放しの指名手配犯の掲示板を過ぎ、その先の五番乗車口で、いつものように電車を待った。

――いや、電車というよりも彼女を待っていた。彼女とは、四カ月前から毎日同じ車両に乗り合わせる、話したことすらない人だ。

六時二十五分。今日も彼女は、ここへやってきた。

僕の後ろに立っているのが、匂いでわかる。彼女が近くに来るとシャンプーのようない い香りがするからで、その匂いを感じ取ると、僕は決まって中高生のように胸躍らせる。とは言え、僕は三十八歳のいい年で、彼女は三十歳前後といったところに見えた。

そして今日も定刻どおり、電車がホームに滑り込んできた。

無表情の僕たちは、乗客がまばらな早朝の車両に乗り込み、ドア口で二手に分かれると、彼女は進行方向側、僕は手前側で、お互い片手を手すりに添えて立った。やがて動き始めた電車のなかで、彼女はじっと窓の外を見つめ、僕はその横顔にそれとなく目を向けていた。

「次の駅は～、佐々島～、佐々島～」

電車の速度がゆるゆると上がってゆく。その日暮らしの僕が、この一区間のために毎日二百円を払い電車に乗る。彼女といられる時間は僕にとってささやかな贅沢《ぜいたく》で、それと引き換えに仕事後の缶ビールをやめるのは苦痛じゃなかった。

つまり、僕は彼女に恋心を持っていた。

僕には、かれこれ十年は顔見知りの女性がいなかった。たとえば世界じゅうに女が一人しか存在しなかったら、男はその唯一の相手に執着するだろう。僕が彼女を好きになった理由は、もしかしたらそれに近いのかもしれない。だが、ほかにどんな高尚《こうしょう》なきっかけがあろうとも、この恋は実らないに決まっていた。

なぜなら僕は、薄汚れた作業着に無精ひげ、髪はいつも自分でハサミを入れるのでヘアスタイルもクソもなく、金もないうえ、友だち一人いない男である。そんな僕に、誰が振り向くだろう。彼女を茶に誘うことすらできない僕は、街を二人で歩く場面を思い描くばかりで、今日も彼女を見ているだけの僕はそんな空想をし始めていた。

その矢先、加速を始めていた電車がふいに速度を落とした。何事か。いぶかる僕が車両の前方を見つめていると、電車は徐行運転になって完全に止まってしまった。

「当車両は佐々島駅にて人身事故の報《しら》せを受けまして、緊急停車いたしました。ご迷惑をおかけいたしますが、しばらくそのままお待ちいただけますようお願いいたします」

早口の車内アナウンスが流れる。

「まじ？　遅刻するし」

振り返ると、野球部らしく頭を丸めた男子高校生が「まじかー、まじかー」とひとり言を言いながら、さっとスマホを取り出していた。

同じ車両には、その高校生以外に二人の会社員らしき中年男がいて、彼らも合わせたように携帯に向かった。みな、外の「誰か」と連絡を取ろうとしていた。

だが、目の前の彼女は窓の外に顔を向けたままだった。一方の僕には、携帯でこの状況を知らせる「誰か」なんていやしない。

「お仕事――、遅刻しちゃいますね」

突然、彼女がつぶやいた。

「えっ？」

僕が間抜けな声を漏らすと、彼女は顔をこちらに向けてうっすら笑った。

「朝、いつも一緒ですよね。佐々島駅でお勤めですか」

僕は、予期しなかった彼女との会話にしどろもどろになった。

「仕事っていっても日雇いっていうか。佐々島には、建設業者が毎朝日雇い労働者を集めに来る――寄せ場があるんで」

僕は正直に話した自分に驚きながら、後悔しつつも問い返す。

「そちらこそ遅刻じゃないんですか？　通勤、ですよね」

するとと、彼女は自嘲気味に言った。

「通勤は通勤だけど、帰り道だから。あ、こんな時間に帰る仕事ってなんなんだって思ったでしょう」

僕が戸惑っているあいだに、彼女は屈託なく続けた。

「わたし、フーゾク嬢なの」

「――え？」

「やだ、そんな悲愴《ひそう》な顔しないでよ」

絶句した僕を彼女はそう言い表わす。

「三十過ぎても彼氏一人できないから、焦って婚活パーティーに参加したの。そこで、自称自営業の男に引っかかってね。貯金持っていかれるだけならまだしも、借金の保証人にサインしちゃったのよ。で、男には逃げられちゃって」

泣き笑いのような顔をした彼女は痛々しく、うつむいた僕は自分のすすけた運動靴の足を見つめる。「借金のために、その仕事を？」

「自己破産とか通用しない闇金が相手じゃね。返さないと、親やきょうだいのところに取り立てに行くって言うし、それでいまの仕事を紹介されたの。半年前のことよ」

と、彼女は口をゆがめた。「こんな話、されても困るよね。毎日会ってた人だからかな、なんだかしゃべりやすくて……」

「大丈夫だよ」

僕は、そう言って微笑《ほほえ》んだ。そんな顔をしたのは、ずいぶんと久しぶりだった。

だが、そのときだった。

「あれ？　おにいさん、誰かに似てる」

ふいに彼女が僕をじいっと見つめてきたので、僕はどきりとした。

「うーん、誰だろ。ね、芸能人で誰かに似てるって言われない？」

「さあ」苦笑する僕が首を振ると、彼女は「そっかあ」と小首を傾《かし》げる。

電車はしばらく動きそうにない。そこで彼女は、話を変えた。

「失礼かもしれないけど、その日限りの仕事って何にも縛られなさそうで、ちょっとうらやましいな。ほら、わたしは半ば囚《とら》われの身だから」

彼女は、まるでいまにも泣き出しそうな顔で笑う人だった。だからなのか、僕はおどけたように言った。

「これでけっこう、自由の身ってのも不自由かなと思うけど」

「たとえば？」

「部屋がなかなか借りられない。インフルエンザだって自力で治す」

彼女が吹き出す。

「それに同僚がいない。だから誰も僕の名前を知らない。現場じゃ、『おい、そこのあんた』が名前だよ。ちなみに同姓同名は十人くらいいるかな」

そう。僕はかれこれ十二年、そんな暮らしを送っている。誰にも名乗らず、身の上を話すこともなく、これからもそれが続くはずだった。だが僕は、彼女が笑ってくれるのがうれしくて、不自由な暮らしぶりを彼女に面白おかしく聞かせていた。

「自由って孤独なんだね」

彼女は僕の話に笑いながらも、同情的に言った。

「孤独でいるのは、案外疲れるよ」

そう茶化《ちゃか》したがそれは本心で、僕はもうこの暮らしに疲れ切っていた。

「それは、わたしも同じ」そこで彼女がまた笑い、僕はふと気づいた。

笑うたびに自分の口に手を持っていく彼女の指先は、長く水仕事をしたあとのようにふやけていた。

それを見て、僕の決意が静かに固まってゆく。

僕だって、こんな生活からはもうおさらばしたいんだ――。

僕は、財布のなかに入れていつも持ち歩いていたメモ書きを取り出した。

「僕の名前――三田村和弘《みたむらかずひろ》っていうんだ。これさ、電話番号。今度は電車でなくて外で会えたらいいなと思って。もしその気になったら、電話くれるかな」

彼女は虚《きょ》を衝《つ》かれた顔をして、わずかに迷ったのち、「ありがとう」と小さく笑って電話番号のメモを受け取った。

やがて電車は、佐々島駅へと動き出した。

その後、いつもどおり佐々島駅で降りた僕だったが、昨日までとは違い、彼女とまるで恋人同士のように手を振って別れた。

そして翌朝。

僕は六時二十分に改札を抜け、駅ホームの広告パネルと掲示板の先の五番乗車口に立った。けれど、二十五分になってもシャンプーの匂いはなく、電車がホームに入ってきても彼女は現われなかった。

その代わりに人の足音が多く聞こえる。

振り返ると、多くの男たちが僕の後ろを取り囲んでいた。

「三田村和弘だな」

「――はい」素直に認めると、男たちの向こうに垣間見える掲示板に、十二年前の僕が微笑んでいる指名手配写真があった。

「東陽《とうよう》商事爆破事件の重要参考人として、署まで連行する」

僕は手錠をかけられ、頭からジャンパーをかぶせられた。いつの間にやってきたのか、テレビカメラやフラッシュを向けられ、もみくちゃにされながらも僕は微笑んでいた。

通報ダイヤルとは知らず電話をかけた彼女は、少なくとも僕にもう一度会いたいと思ってくれたのだ。

彼女がその電話口で僕の名前を出せば、こうなることはわかっていた。

電話をかけた彼女は驚いただろうか。少しは残念に思ってくれただろうか。

彼女とはもう会えないけれど、僕の首にかかった懸賞金で彼女の指がふやけずに済むのであれば——それでいい。

この本は、あなただけのために　友井羊

初出『5分で読める！　ひと駅ストーリー　本の物語』（宝島社文庫）

この本――『5分でドキッとする！　意外な恋の物語』をお買い上げいただき、誠にありがとうございます。

この本は、あなたのためだけに作られた特別な本です。

あなたとは、今この本を手にとって読んでいるあなたです。冗談だとお思いでしょう。しかし本当にそうなのです。

ただ、特別なのは、あなたが今読んでいるこの一冊だけになります。

このページには本来、全く違う文章が印刷されるはずでした。目次や表題にあるように、友井羊《ともいひつじ》という作家の「この本は、あなただけのために」というショートショートが掲載されることになっていました。

しかしあなたが購入したこの本だけは、私が文章を差し替えました。

この作家の小説を選んだことに深い意味はありません。たまたまタイトルが私の文章に合致したという理由と、文章の量がほぼ同じだったためです。

もし興味があるのなら、他の本を買ってみてください。そこにはちゃんとした、友井羊という作家の書いたショートショートが掲載されていますから。

なぜそのようなことが出来るのか、と疑問を抱かれたでしょう。

私はこの本の製作に関わる会社でアルバイトをしています。巻末の奥付に掲載されている企業のどれかですが、明言は避けておきましょう。

私はこの本のデータを盗み出し、このページだけ私の文章と入れ替えた本を作製しました。最近は情報管理が徹底されていますから、危険な橋を渡りました。会社に知られたら首になるどころか、訴訟を起こされるかもしれません。

作製した本は一冊だけになります。あなたに読んでもらう、そのためだけにこの本を作りました。

なぜこのような真似をしたのか。全てを説明するために、まずは私の初恋についてお話ししましょう。

人生で初めて好きになった相手は読書家で、暇さえあれば本を読んでいました。私はその横顔に一目惚《ひとめぼ》れしました。しかし私は口下手で、話しかけることさえできませんでした。その分、想いは募っていき、私はあることを夢見るようになりました。

あの人に私の書いた本を読んでほしい。

そうすれば、きっと私に興味を持ってもらえるはず。

小説に恋愛要素があれば最高です。あの人にそっくりな人物が出てきて、私に似た主人公との恋を成就させます。あの人は私のことが気になりはじめ、読書をきっかけに実際の恋に発展するに違いありません。

そんな空想を抱きながら、私は小説を書き続けました。しかし何度新人賞へ応募しても一次選考さえ通りません。そうこうしているうちに時間は経過し、初恋の人は遠くへ引っ越すことになりました。

ですが私は、あきらめることができませんでした。そこで調査をして、新しい住所を突き止めました。それから、遠くから見つめる日々が続きます。もちろんその間も私は小説を書き、文学新人賞への投稿をがんばりました。

しかし次第に、初恋の人が変化していきました。異性の友人ができ、生活が派手になっていったのです。読書量も減り、大好きだった雰囲気も変わっていきました。

私は苛立《いらだ》ちました。変わらないでいてほしい。そういったメッセージを匿名で送ったのですが、無意味なばかりか警察まで呼ばれてしまいました。

私は焦り、初恋の人の周囲にいた異性に警告を出しました。これ以上、あの人を変えないでほしい。恐怖を感じさせる言葉を血文字で送りつければ、きっと逃げ出すと考えたのです。

暴力を振るおうと考えたことは一度もありません。私は自傷をする傾向がありますが、誰かに危害を加えた経験はありません。他人を傷つけるくらいなら自分を攻撃したほうがずっとましです。血文字の血液も、自分のものを採取しました。

しかしその警告の真意を理解してもらえず、事態は大袈裟《おおげさ》になるばかりでした。そしてとうとう初恋の人に正体を特定されてしまいました。

初恋の人やその知人たちに囲まれ、私はこれまでの行動を糾弾《きゅうだん》されました。必死に逃げようとしましたが、為《な》す術《すべ》がありません。そんな状況で大好きな人から激しく罵られ、私は頭が真っ白になりました。

気がつくと、目の前が赤く染まっていました。

サイレンの音が遠くから近づき、私は地面に押さえつけられていました。初恋の人はしゃがみこみ、額に布を当てていまず。白い布が深紅に染まっていました。自分の両手に目を遣《や》ると、同じように血に塗《まみ》れていました。

どうやらこの凶行は、私の仕業《しわざ》のようでした。私は必死に泣き叫びました。最愛の人を傷つけたことが悲しかったのです。

私は逮捕され、罰を受けることとなりました。幸い執行猶予となりましたが、初恋の人に近づくことは警察により禁止されることになりました。

あんなことをしでかして、私は初恋の人をあきらめざるを得ませんでした。

私は生きる意味を失い、勤務先と自宅を往復する生活を続けました。

まぶたの裏には、血に塗れた初恋の人が焼きついていました。瞳は恐怖で満ちています。その光景を思い出すたび、そのまま死にたい気持ちになりました。

どれくらいの期間、その生活を繰り返したのかよく憶《おぼ》えていません。当時の記憶は、今でもすっぽり抜け落ちています。

そんな暗闇のような毎日を、一変させる出来事が起こりました。

あなたと出会ったのです。

街で見かけたときは衝撃でした。初恋相手の、昔の雰囲気にそっくりでしたから。初めての会話を、きっとあなたは憶えていないでしょうね。他人に説明しても、きっと失笑される程度の些細《ささい》な触れ合いでした。あなたにとっても日常の一幕に過ぎなかったはずです。ですが、私にとって世界が変わるのと同義でした。

あの瞬間から、あなたは私の全てになりました。

最初は、初恋の人とあなたを重ねていました。ですが寄り添い続けていくうちに、あなたの内面に深い敬愛の念を抱くようになりました。

私は、たくさんのあなたを知っています。

人前では明るく振る舞おうとするのに、一人になるとくよくよするところも。他人のために強がって、我慢ばかりしているところも。本当は優しいのに、誤解されてしまうところも。楽しんでいる瞬間に、ふと空《むな》しさを感じているところも。

それら全てを、心から愛《いと》おしく思っています。

……ここまで書いても、きっとあなたはまだ疑っているでしょう。

なぜ文章を差し替えた一冊を、特定の個人に買わせることができるのか。どうすればそんなことができるのか。きっと疑問に思っていることでしょう。

でもそれは簡単です。あなたがいつ、どの店に寄るか。どんなタイミングで本を買いたいと考えるのか。その程度のことは容易に想像できます。この『5分でドキッとする！　意外な恋の物語』のような、手軽に読めるショートショート集を、あなたは好んでいますよね。それと自覚していないかもしれませんが、あなたは本を買うとき、いつも上から三冊目を選びます。だからあなたがこの本を購入するタイミングを見計らい、自作の本とすり替えるのは、私にとってはそれ程難しくないのです。

私は、あなたを見つめ続けてきました。世間では私のことをストーカーと呼ぶのでしょう。それはわかっています。ですがそれは、あなたへの想いゆえなのです。

あなたが現れてから、生活は一変しました。

日々に張り合いが生まれ、世界が輝いて見えました。生活や仕事、あらゆる場面を前向きに過ごすことができました。そのせいかもしれません。身体に芽生えた異変に気づくことができませんでした。

最初はお腹《なか》の小さな痛みでした。ですがあなたの一挙手一投足が魅力的で、痛みなんかに構っている暇はありませんでした。

しかし徐々に違和感が増し、観察に支障が出るまでになりました。仕方なく医者にかかると、専門的な病院で大がかりな検査を受けるよう言われました。

その結果、私はもう余命幾ばくもないことがわかりました。あと半年も生きられないそうなのです。

あなたと同じ時間を過ごせないことに、私は絶望しました。そして、これまでの人生が空しくなりました。

初恋は叶《かな》わず、それ以上に好きになった相手も遠くから見ているだけです。そんな私の一生に、果たしてどんな意味があるのでしょう。

このまま人生を終わらせたくない。どうせなら、叶えられなかった夢を実現させよう。そう決心した私は計画を練り、実行に移すことにしました。

なぜ私がこの文章をあなたに読ませたのか、これが答えになります。私の最初の夢は、大好きな人に自分の小説を読んでもらうことでした。それは初恋が破れてからも心の中でくすぶっていました。

結局私は、小説家になれませんでした。ですからせめて本に印刷された私の文章を、あなたに読んでもらいたかったのです。

今も私は、あなたを見続けています。どの辺りを読み進めているかも全て把握しています。あなたが本のページをめくり、文章を読み進める姿を見て、私はきっと涙をこらえていることでしょう。残念ながら小説ではありませんが、才能のない私にはそれで充分です。この文章には、私のありったけの気持ちを込めましたから。

そして私は、人生の終わりを素晴らしいものにする方法も合わせて考えました。目的を実現するためには、私の人生をあなたに刻みつける以外にありません。

誇れるものはなく、未来もない私は、どうすればあなたの人生に残れるでしょう？

幸福な方法で実現させることは、きっと不可能です。そこで私は、ショッキングな最期をあなたの記憶に焼きつけることにしました。例えトラウマでも、私はあなたの心に残りたいのです。

その方法として私は、私の心に最も深く刻まれた悲しい記憶を参考にすることにしました。その場面とは、血塗れになった初恋の人です。あの真っ赤な光景は、決して私の頭から消えることはありませんでした。

私は今、鋭利な刃物を手にして、あなたのすぐそばにいます。あなたが思うよりもずっと近くにいるはずです。

周囲を探せば、きっと私と目が合うはずです。この文章を書きながら、私はその瞬間を想像しています。それだけでも、笑顔が抑えられないほど幸せです。

ようやく見つめ合えたその瞬間、私は自分の喉元に刃物を突き刺します。辺りにはたくさんの血が飛び散り、赤く染まったその光景は忘れがたいものになるでしょう。

それを見ればあなたは、私をずっと憶えていてくれますよね？

だから早く、顔を上げてください。

吊り橋効果

喜多南

初出『5分で読める！　ひと駅ストーリー　冬の記憶　西口編』（宝島社文庫）

九死に一生、私たちは発見した避難小屋の中へと、雪だるま状態で転がり込んだ。

まさか雪山で遭難する羽目になるなんて、思いもしなかった。冷え切った全身から血の気は失われ、歯の根は嚙《か》み合わず、指先が痺《しび》れたように感覚がない。

それでも暴力的な風雪にさらされていた少し前を思えば、生きた心地が戻ってくる。

私は軽く息を吐き出そうとして――

「な、なんとか生きてるね……」

背後に聞こえたその声で、ゾクッとして息を止めた。

おそるおそる振り返ると、私が所属するアウトドアサークルの、葛城颯太《かつらぎそうた》先輩がすぐ後ろに立っていた。

冴《さ》えない太った容姿、ねっとりとした口調、押しつけがましい性格。サークルの女子たちが、一番二人きりになりたくないと思っている人物だと噂《うわさ》で聞く。女子たちから聞くのは、葛城先輩の悪い評判ばかり。

みんなとはぐれ、その葛城先輩と、私は、今二人きりだった。

「ほんと、びっくりだよねぇ。遭難するなんて。しかもこんなところに二人きり」

葛城先輩も私と同時に、現状について冷静に考えはじめた様子だ。

「ね、千佳《ちか》ちゃん、吊《つ》り橋効果って知ってる？　危機的な状況下の男女の間に恋が芽生えるとかいうやつ。今まさにそんな感じじゃない？」

「はぁ？　そんなのありえないですし」

口元を覆うネックウォーマー越しでも、私のくぐもった呆《あき》れ声は届いたらしい。葛城先輩がでっぷりとした肩を落としている。

なんてことだろう。まさに今日、その話題で盛り上がったのだ。

スノボの合間にサークル女子たちと、ランチをした時だった。こんな雪山で遭難して小屋で二人っきりになっちゃったら、吊り橋効果で恋に落ちちゃいそうだよねっ——とか。

ドラマチックなシチュエーションが大好きな女子たちは、キャーキャー喜んでいた。

避難小屋の中は、当然電気も通っておらず、真っ暗だ。

外から猛烈な吹雪《ふぶき》が窓を叩《たた》き、木枠がガタガタ揺れている。風は小屋全体すら振動させていた。小さな避難場所は、今にも大自然の脅威に押し潰されてしまいそうだ。

けど、そんなことは今、問題じゃない。

「ねぇ千佳ちゃん。そんなこと言わずにさぁ、仲良くしようよ」

ねっとりとした声を浴びせられ、私はゾクゾクと身を震わせ、首を横に振った。

「ダメです、絶対ダメ、こ、来ないで……！」

ひょっとしたら先輩、本気で吊り橋効果を狙っているのかもしれない。

気をしっかり持て私。そんなの絶対にダメだ嫌だ。

大声を出しても唸《うな》るブリザードに全てかき消される。逃げ場もない。

ぎしぎし、と床の木板を軋《きし》ませ、熊のような巨軀《きょく》が迫る。葛城先輩の鼻息が荒い。目は血走っている。

どうしてこうなったのかと、私はここに至るまでの自分の失敗を、嚙みしめた。


大学一年生の私は、不純な動機でアウトドアサークルに入会した。正直アウトドアなんて興味もないし、体を動かすのは苦手な方だった。しかしそのサークル自体が遊び半分な雰囲気であったため、私のような女子も多かったし、気軽に参加はできた。

師走《しわす》も終わりに近づき、大学は冬休みに突入。サークルの親睦会で、ペンションを借りて一泊二日のスノーボード旅行に行くことになった。

私はスノボ初心者だった。早朝にたどりついたゲレンデで、サークルの女子に、立ち上がり方や、バインディングを片方外しての歩き方を教えてもらった。

ウェアで着ぶくれている上、空気は冷たく、雪の上はつるつる滑る。一つ一つの動作がいちいち重く鈍くなる。滑れるようにならないことに対して、焦りばかり。

お昼が過ぎて、雲行きが怪しくなってきた。山の天候は変わりやすい。朝は眩《まぶ》しい程照り返していた白銀のゲレンデに、新雪がどんどん降り積もってきた。

私は女子たちとのランチを早めに切り上げ、意を決し、一人でリフトに乗りこんだ。

そして上級者コースまで登っていき、ほぼ断崖絶壁を見下ろして後悔した。

リフトで戻るという選択肢もあったが、負けたような気がして悔しい。

気付けば雪が酷《ひど》くなってきており、視界が悪くなってきていた。横を滑り降りていった人の姿が、すぐに見えなくなる。

私は覚悟を決めて、両足を乗せたボードの板を縦に向け、急斜面上を出発した。

……結果、ブレーキのかけかたも分からず、倒れて止まるという選択肢すら取れなかった私は、猛烈なスピードでコースを外れて滑り落ちていった。

新雪に埋もれて止まった時には、明らかにコースではない雑木林の中だった。

遭難した。蒼白《そうはく》になって周囲を見回しても、視界はゼロ。まとうのはごうごう唸る雪風の音だけ。携帯電話なんて持ってきていない。

怪我《けが》はなかったけど、雪に埋もれて身動きも取れず、半泣き状態でいるところに。

「千佳ちゃん？」

そんな声が雪の合間に聞こえて、救世主現ると、私は顔を上げた。

それからどれくらい時間が経《た》ったのか。寝たら死ぬぞ的な雪嵐の中を、ボードを捨て、葛城先輩に手を引かれ、ざくざく歩いてきた。雪に埋もれる一歩一歩が重く、辛《つら》かった。ウェアを着ているとはいえ、十二月の凍える寒さ。しかも吹雪だ。手足の感覚もなくなり、意識すら朦朧《もうろう》としてくる。

避難小屋を発見し、これ以上の移動は危険だからここで助けを待とう、と葛城先輩が提案してきたのだ。

生死のかかった行軍の間は考える余裕もなかったけど、小屋に入って改めて葛城先輩の存在を認識した吊り橋な現状。気分は最悪。

窓から見える外は、止《や》みそうにない雪が吹き荒れている。時間すら分からない。と、私に近付いてきていた葛城先輩が、目の前でおもむろにウェアを脱ぎはじめた。

「ななな、何脱いでるんですか、葛城先輩」

厚手のウェアの下から、ぜい肉の塊のような豊満すぎる肉体が現れた。

「なんでってここ暖房器具もないし、濡《ぬ》れたままだと凍えちゃうだろ」

当然のように言いながら、どこからか引っ張り出してきた毛布を手に持っている。

「千佳ちゃんもウェア脱ぎなよ。こういう時は人肌で温めあうのが常套《じょうとう》手段だし」

「今すぐ雪山殺人事件にしましょうか」

私が抑えた声を放つと、葛城先輩は唇を尖《とが》らす。

「俺が助けなきゃ千佳ちゃんどうなってたか分かんないよね？　命の恩人だよね？　もうちょっとこうさぁ、ときめいたりしちゃう展開にならないのかなぁ」

「近寄らないでください構わないでください視界から消えてください」

私は早口に言って、隅っこを陣取って座り、立てた膝に顔を埋める。

サークルのメンバーたちは、事態にもう気付いているのだろうか。私と葛城先輩が二人で消えてしまったことに対し、純粋に心配してレスキューに連絡していることを願う。あらぬ噂を立てられていたらと思うとゾッとした。

逃げ出そうかと考えたが、吹雪の中へ一人で飛び出していくほど命知らずにもなれなくて、歯がゆい。

それにしても寒かった。隙間風が入り込んできて、冷気がキリキリと身に沁《し》みる。

またも葛城先輩の足音が近づいてくる。私は顔を上げる。

「ごめん、あっためるもの本当に何も見つからなかったんだ。これくらいしか」

毛布を差し出された。

「でも、これ使ったら先輩は」

「じゃあ一緒に入ろうよ」

「絶対に嫌です」

私は葛城先輩から奪い取るように、毛布をひったくった。本気でもうこれ以上近寄ってほしくない。限界だ。泣きそうだ。

「まぁ俺太ってるから大丈夫だよ。これくらいの寒さじゃきっと死なない」

「そうですね。皮下脂肪が助けてくれます」

「否定して欲しかったな」

涙声になっていた私の心情をようやく察してくれたのか、とぼとぼした足取りで葛城先輩も対角線上の隅に腰を下ろした。

「……先輩はどうして、私のこと見つけられたんですか？」

距離が開いて心に余裕が生まれたので、気になっていたことを問いかけてみる。

「俺上級者の方滑ってたし、コース外れてく千佳ちゃん見かけたんだ。追いかけるの大変だったけど、危ないと思ったから」

「助けてくれて……ありがとうございます」

不本意だけど、きちんと言っておかないと。私は視線を逸《そ》らしつつ、頭を下げる。

「不安にならなくて大丈夫、すぐ助けは来るよ。こっちもまだ体力は十分あるから、雪が止んだら普通に降りていけるし」

「そうですね。一刻も早く、この状況から抜け出したいです」

私は忌々《いまいま》しげに吐き出す。

「俺が助けちゃって、なんか、ごめんね？」

少し泣きそうな顔になった葛城先輩に、私はふん、と鼻を鳴らした。

そこで会話が途切れ、居心地が悪いままに時間だけが過ぎていき――

不意に、雪が止んだ。小屋を出てみると夕刻の太陽が姿を現し、空を見事なグラデーションに彩っていた。

結果として、私たちは何事もなく助かったのだ。心の底から、安堵《あんど》の息が漏れた。

――そろそろ頃合だろう、と私は雪山遭難騒ぎのほとぼりが冷めてきた冬の終わりに、葛城先輩を呼び出した。

「なぁに千佳ちゃん?」

相変わらずのねっとりした口調で、葛城先輩が問いかけてくる。

サークルの女子連からは忌《い》み嫌われている口調。私にとっては、ゾクゾクしてたまらない口調。ぶっちゃけゲテモノ好みな自覚はある。

受験に来たとき、キャンパスで見かけて、一目惚《ひとめぼ》れだった。サークルに入会した。スノボ旅行に参加した。上級者コースまで追いかけていった。私は本気の本気なのだ。

この気持ちが吊り橋効果なんて言われるのは、絶対に嫌だった。だから、今こそ。

「私、ずっと前から葛城先輩のことが好きだったんです。つ、付き合ってくださ い!」

ぽかんとした顔の葛城先輩が、私が差し出した手を取ってくれるといいな、なんて思うのだ。

地下鉄異臭事件の顚末　喜多喜久

初出『５分で読める！　ひと駅ストーリー　乗車編』（宝島社文庫）

「では、再会を祝して乾杯といこうか」

妻の叔父《おじ》が、笑顔を浮かべながらグラスを掲げた。僕は「どうも」と恐縮しながら、グラスの縁を触れ合わせた。

彼はぐいとビールを呷《あお》り、口元に白い泡を付けたまま、「うまい！」と唸《うな》った。「やはり私の口には日本のビールの方がしっくりくる」

「それはよかったです。どうぞ、お寿司《すし》も召し上がってみてください」

「ああ、さっそくいただこう」寿司桶《おけ》に手を伸ばし、彼は中トロを口にした。「うん、これはいいものを使っている」

満足そうに呟《つぶや》く姿に、僕はほっと胸を撫《な》で下ろした。奮発して、有名店から出前を取って正解だった。

妻の叔父がアメリカから日本に戻ってくる――その話を聞いたのは、つい二日前のことだった。しかも、彼は僕たちに会いたがっているという。唐突な話で、とりあえず自宅に招くしかなかったが、今のところは楽しんでくれているようだ。

「おや、これはいけない」

おどけるように手を打って、妻の叔父がビール瓶をこちらに差し出した。慌ててビールを口に流し込んで、「すみません」とグラスを差し出す。

「日本にいた頃は、妻がずいぶんお世話になったと聞いていますが」

「ああ。進路のこととか、就職のこととか、時にはプライベートなこともね。姪《めい》っ子が自分と同じ化学の道に進んだんだ。協力しないわけにはいかないだろう」

「大学教授をされているそうですね。アメリカにはいつからいらっしゃったんですか」

「九五年からだよ。プロフェッサーとして招聘《しょうへい》されてね」

「そんなに長い間。ということは、ちょうど僕たちが結婚する前の年から向こうに行かれてたんですね。残念です。できれば、僕たちの結婚式に出席していただきたかったんですが」

「すまない。どうしても出席できない事情があってね。でも、君たちが幸せそうで安心したよ。今でもまるで新婚さんのようだ」

「ええ、楽しく暮らしています」

僕は笑顔でそう答えたが、妻は隣で小さくため息をついた。まただ。叔父がやって来ると聞いて以来、ずっとこうなのだ。彼女には、若干人見知りするところがある。親戚とはいえ、久々の再会で緊張しているのだろう。

「ところで」妻の方に行きかけた意識を引き戻すように、彼女の叔父がこちらに身を乗り出した。「せっかくだ。結婚式に出られなかった分、ここでぜひ、君たちの馴《な》れ初《そ》めを聞かせてもらいたいね」

「ええ、構いませんよ」と僕は頷《うなず》いた。「楽しい話かどうかは分かりませんが」と前置きをしてから、僕は十七年前に遡るように、軽く目を閉じた。

「僕たちは、ちょっと変わった出会い方をしたんです――」


僕と妻との、本当の意味での出会いがいつだったのか、実は全く覚えていない。

当時の僕たちの関係は、「名前も知らない、電車で会うだけの顔なじみの他人」というものだったからだ。勤めていた会社も違うし、住んでいる地域も違っていた。ただ、帰宅時間だけはぴったり合致しており、ほぼ毎日、僕たちは同じ車両に乗り合わせていた。

彼女と初めて会話を交わすことになったあの日も、僕たちはいつもの電車に乗っていた。

午後八時過ぎ。車両の端の、三人掛けの座席。隣の席には妻がいたが、彼女を気にするでもなく、一日の仕事を終えたという充実感を胸に、僕は普段通りに文庫本に目を落としていた。

異変が起きたのは、電車が駅を出発した数分後、次の駅の名前がアナウンスされた時だった。僕の真横、隣の車両に繫《つな》がるドアが開いた瞬間、僕は反射的に激しく顔をしかめていた。

慌てて顔を上げると、中年男性が目の前を通り過ぎるところだった。地味な色合いのカッターシャツに、灰色のスラックス、フレームの太いメガネに、堂々とした口ひげ、そんな出《い》で立ちだったと思う。男性の容姿に別段不審な点はない。だからこそ、異様さが余計に際立っていた。

男性は、ひどい悪臭を放っていた。

その臭いを喩《たと》えるのは極めて難しい。一度も嗅いだことがない種類の臭いだったからだ。強《し》いて言えば、正露丸《せいろがん》を液体にして可能な限り濃縮し、でき上がった粘液を鼻の奥に無理やり擦《す》り込んだ時の臭い、とでも表現すればいいだろうか。

男性は、近くのドアの前に立っていた。彼の周囲には人影がなく、異臭に反応している乗客はいないが、僕の鼻は相変わらず、耐え難い臭いを捉《とら》え続けていた。

別の車両に移ろうか——その考えが脳裏に浮かんだ時、隣にいた妻と目が合った。息を止めていたのか、彼女は真っ赤な顔をしていた。

「大丈夫ですか」と僕が尋ねると、彼女は小さく頷き、ためらいがちに僕の耳元に口を寄せて、「……臭いますよね」と囁《ささや》いた。

「ええ」男性に聞かれないようにと、僕も小声で答えた。「……ちょっときついですね。まるで毒ガスみたいな——」

自分が何気なく口にした一言に、僕の心臓が大きく跳ねた。

日本中を震撼《しんかん》させたあのテロ事件から、まだ数ヶ月。首謀者は明らかにされたが、まだ逮捕されていない実行犯もいる。やけくそになって、また同じことをやる可能性だって、ゼロではないはずだ。

僕がドアに視線を向けると、男性はさっと目を逸《そ》らした。こちらを見ていた？　もしかして、僕たちを警戒しているのだろうか。

「……どうしたんですか」

不思議そうに尋ねる妻に、「あの人はもしかしたら、これからテロをやるつもりなのかもしれません」と僕は囁き返した。「このまま、目を離さずにいましょう」

すると妻はなぜか、口元に手を当ててくすくすと笑った。

「大丈夫です。それはないと思います」

「なぜですか。あんなにひどい臭いを辺りに振りまいているのに」

彼女の体温を二の腕に感じながら、僕は尋ねた。

「だからですよ。あれは、毒ガスなんかじゃありません」

「どうして分かるんですか？」

「私、実は化学メーカーの研究員なんです。あれは、イソシアニド——たぶん、ベンジルイソシアニドの臭いだと思います。イソシアニド類は、世界で最も臭い物質の一つなんですよ」

「あの人も、化学関連の仕事をしているんですよ、きっと。うっかり、ズボンか服の袖に試薬を付けたまま、電車に乗ってしまったんじゃないでしょうか。イソシアニドはすごく少量でも臭いますから」

「それなら、自分で気づきませんか」

「長い時間同じ臭いを嗅いでいたせいで、嗅覚が麻痺《まひ》しているんだと思います」

「ああ、なるほど」

そうやってヒソヒソと囁き合っているうちに、電車は駅のホームに滑り込んでいた。ドアが開く直前、男性は一瞬振り返ってこちらを見たが、特に何をするでもなく、さっさと電車を降りてしまった。

その背中を見送りながら、「ほら」と妻は僕に微笑《ほほえ》んだ。

「あなたの言う通りだったみたいですね」と僕は頭を掻《か》いた。

「――翌日以降、あの男性を電車の中で見かけることはありませんでしたが、話をしたことがきっかけになって、僕は妻と会うたびに言葉を交わすようになりました」

「ふむ」と妻の叔父は頷いた。「やがてそれが交際に発展し、翌年には見事に籍を入れた、ということだね」

「ということは」

「そうですね。出会いとしては、ややロマンチックさに欠けますが、僕はあの日、あそこにあの男性がいたことに感謝しています。あの異臭事件がなければ、僕たちは他人同士のまま、同じ電車で顔を合わせ続けるだけで終わっていたでしょうから」

「それはありうるな。この子は昔から引っ込み思案でね。一目惚《ひとめぼ》れした男性に声を掛けられずに悶々《もんもん》としていたこともあったんだ」

一目惚れという言葉に、僕の胸がちくりと痛む。妻が別の男性に心惹《ひ》かれていたという話題は、できれば聞きたくはなかった。

僕の心情を察してか、隣で妻が「叔父さん、その話は……」と戸惑いを露《あらわ》にしている。

「確かに褒められたことじゃないが、私が言い出したことなんだから、いいじゃないか。もう時効だよ」と彼は笑った。「ずいぶん前から気になっていてね。私はこの話をするために、わざわざ日本に戻ってきたんだ」

「……どういうことですか」

「それはね、こういうことだよ」

そう言って、彼女の叔父は胸ポケットからメガネと付けひげを取り出した。彼がそれらを身につけた瞬間、僕は手にしていた箸を取り落としていた。

「あ、あなたは……」

特徴的なメガネと口ひげが、僕の記憶を強烈に刺激した。そうだ。白髪が増えていて、多少太ってはいるが、目の前に座っている男性は、僕たちが十七年前に電車の中で会った、あの人物に違いなかった。

「気づいてもらえたようだね」

彼はにやりと笑って変装を解《と》いた。

「共通の経験があれば、人は仲良くなれる。それはできれば、非日常的なものであることが望ましい。だから、私は事件を起こすことにしたんだ。イソシアニドを染み込ませた綿入りの小瓶を持って、君たちの前を通りすぎるというやり方でね」

僕は言葉を失ったまま、隣に座る妻に目を向けた。

妻は顔を真っ赤にしてうつむいていた。その姿は、あの日、僕が話し掛ける直前の彼女によく似ていた。

猫を殺すことの残酷さについて

深沢仁

初出『５分で読める！　ひと駅ストーリー　猫の物語』（宝島社文庫）

さいきん私がよく考えること。

それは、猫を殺すことの残酷さについて。

それと、好きな人と結ばれる確率について。


地元の駅のホームに降りた私は、ふう、と大きく息を吐いた。

まだ結婚していないのに、そしてするあてもないのに、お腹《なか》に赤ちゃんがいる状態で実家に向かうのは、けっこう緊張することだ。

金曜の夜、終電から降りてきた人は私以外に三人しかいなかった。田舎《いなか》に帰ってきたんだなあ、ということを実感して、私はちいさく笑う。高校を出て東京の短大に滑り込むように入って以来、地元にはずうっと帰ってきてなかった。だから、ここに来るのは二年半ぶりくらい？　ティーンエイジャーだった自分がハタチになってしまうんだから、月日の流れは怖いなあと思う。そして年齢よりもびっくりするのが、ひとりじゃない、ということ。

私は右手を、ぽん、と自分の膨らんだお腹におく。

狭い改札を苦労して抜ける。実家は駅から歩いて十五分くらいかかる場所にある。ちいさな商店街を抜け、ゆるやかな坂をのぼった先。商店街は、居酒屋ですらとっくにもう閉まっていて、だれも歩いていない。東京のネオンと人混みに慣れてしまった私は、夢のなかにいるような気分になって、ふわふわと歩いた。

両親には、まだなにも知らせていない。私の恋人は、ほんとうは別の女の人と結婚していて、社会的地位だとかいうものがある人なので、付き合っていたことすら秘密だった。だれも知らないカンケイというのは、ちょっとだけ楽しかった。

ふたりが赤ちゃんのことを知ったら。お母さんは、私が困らせるといつもするように、世界じゅうに絶望したようなため息をつくと思う。それから「どうしてあんたはいつも」と、ほとんど囁《ささや》くような小声で言う。お父さんは「堕《お》ろせ」と言うだろう。もうそんなことは不可能な時期でも。

両親はとても頭が固いうえに、私を救いようのない愚かな娘だと思っていて、だから私がどんな選択をしても批判したがる。どんなことにも正解なんてないのに。

でも、彼らがどう言おうと、私はこの子を殺さないことに決めた。だって――。

「――ん?」

商店街を歩いていた私は足を止める。目の前をなにかが横切った。すぐ傍《そば》のゴミ捨て場に猫がいて、黄色い目でじいっとこっちを見ている。

夜にまぎれるみたいな、まっ黒な猫!

なにか運命的なものを感じて私は微笑《ほほえ》んだ。猫がさあっと逃げていく。私は遠い記憶を追いかけるような気分になって、実家に行く前に公園に寄ることを決める。

昔、ずうっと昔、猫の死体を埋めたあの公園へ。

――いいものを見せてあげようか。

私がまだ花柄のワンピースが好きな小学生だった頃、公園のベンチでぼんやりしていた私にそう話しかけてきたのは、ゆうにいちゃんだった。

当時ゆうにいちゃんは高校生だった。近所に住むお金持ちの家の息子で、たいへん頭のいい私立校に通っていて、背が高くかっこよくて、制服が似合っていた。当時の私には憧れの人。ほとんど話したこともなかったけど、たまに通学路で見かけるゆうにいちゃんは、いつも微笑しているような柔らかい感じがして素敵だったのだ。学校が大嫌いだった私は、だいたいいつもひとりでいた。ゆうにいちゃんも、見かけるときはいつもひとりだった。そんなところも好きだった。

その憧れの人が、ある日クラブ活動をさぼって公園で時間を潰していた私に話しかけてきたのだ。私はぽかんとしてから、慌てて頷《うなず》いた。

微笑んで歩き始めたゆうにいちゃんについていくと、公園の隅の、トイレの裏の、なにかイヤなにおいのする場所に連れていかれた。ゆうにいちゃんは立ち止まり、こっちを振り向いてなにかを指差した。私は彼が指した方向をじっと見つめた。

ぼろぼろのぬいぐるみだ、とまず思った。一瞬あとに、それがぬいぐるみではなく、本物の猫だと気がついた。身体がぐしゃっとした黒猫。赤色は血の色。

――死んでるの？

私はゆうにいちゃんを振り仰いだ。秋で、陽《ひ》が沈みかけている時間で、暑くも寒くもなく、明るくも暗くもなく、世界はとても曖昧だった。そんななか木の陰にひっそりと立つゆうにいちゃんは、なんだか浮世離れしていて美しかった。

――死んでるね。

――どうして？

――僕が殺したから。ナイフで刺したんだよ。

私はびっくりして、しばらく声が出なかった。すごく柔らかい声で言うから優しい行為に聞こえて、なんだか現実として実感できなかった。

――どうして？　猫、嫌いなの？

私がそう言うと、ゆうにいちゃんは一瞬だけ目を見開いた。それから笑った。私のばかな発言が可笑《おか》しかったみたいだった。私は私で、ゆうにいちゃんの笑顔を間近で見たせいで顔が熱くなって、思わず頰を押さえた。

――嫌いだから、じゃなくて、残酷だから、だよ。

彼は子どもに言い聞かせるみたいな口調でそう言うと、ぽん、と私の頭を撫《な》でて、それから夕暮れに溶けるように立ち去った。私はその場に立ち尽くしてそれを見送った。

大人に言うべきだろうか、と一瞬悩んだ。

でも、私はあんまり大人が好きじゃなかったから、言わないことにした。そのかわり猫を埋めてあげることを思いついた。冷たい土に指先をうずめ、掘った。素手では時間がかかりそうだったので道具を探し、ランドセルから飛び出していたリコーダーに目を留めた。しかたなくそれで土を掘った。陽が暮れる頃、どろどろになりながらやっと終えた。猫のため、というより、ゆうにいちゃんのためにやった気がした。私のおかげで、あの人が神さまに許されるといいな、と。

そのあともたまに道端でゆうにいちゃんを見かけたけど、話しかけられることはもうなかった。リコーダーは自分で洗って使い続けた。やがてゆうにいちゃんは、東京のとても頭のいい大学に受かって町から消えた。

ハタチの私は、あの日とおなじ姿をした公園にたどり着く。

月明かりに照らされた時計塔は十二時ぴったりを指していた。シンデレラの魔法がとける時間。もちろん人なんかだれもいない。幽霊ならいるかもしれない。でも、私には見えない。

足音を消して、息をひそめて。そうっと、公園の隅に向かった。

家のトイレで妊娠検査薬を生まれて初めて使って、妊娠だ！　とわかったとき。私がまっ先に思い出したのは、死んだ猫の姿だった。ゆうにいちゃんが見せてくれた猫の死体。それで子どもを堕ろさないことに決めた。だって、この子をあの猫とおなじようにしてしまうのは、どうしたってかわいそうだと思ったから。

私は猫を埋めた場所を探して、見つけた。相変わらずイヤなにおいがした。あんまり気にならなかった。両手を合わせて、目を閉じる。

──子どもができたの。

私は、いつかの猫に、報告する。

──どうかぶじに育てられますように。お願いします。

どうして埋めた猫の死体に祈りを捧げなければならないのか、自分でもわからなかったけど、目を開けると満足していた。ずっと、言わなければいけない気がしていたから。とにかくあの猫には、これから私がこの子を育てることを知っておいてほしかった。なんとなく。

恋人は別の女の人と結婚しているし、社会的地位だとかいうものがあるので、この子をいっしょに育ててはくれない。お金もいらない、と言ってしまったので、お金もお金ももらえない。この子は、私がひとりで育てることになるだろう。

私は、大きな予感と、少しのどきどきを抱えて、実家に向かって歩き出した。

それから二ヶ月。臨月を迎えた私が、よく考えること。

それは、猫を殺すことの残酷さについて。

それと、好きな人と結ばれる確率について。


二ヶ月前。私が実家に到着すると、もうなにもかも終わった後だった。

私は、玄関マットが血まみれだなあと思いながら家にあがり、リビングを覗《のぞ》いた。

昔に猫を殺した男のヒトが、大きくなって人間を殺せるのか、ほんとうのことを言えば自信がなかった。猫を殺すことの残酷さは、人間を殺せるほどの残酷さとおんなじなのか、と。でも、彼はやってのけたみたいだった。

動かなくなってしまった両親を見て私は少しだけ悲しかったけど、もうお母さんのため息を聞かなくていいのだと思うと、安心した。

東京のとても頭のいい大学を出たゆうにいちゃんと、東京のとても頭の悪い短大に通っていた私は、私がバイトしていたレストランに彼がやって来たことで、再会を果たしたのだった。

運命だ！　と私は思った。大人になったゆうにいちゃんは、ますます美しく、かっこよくなっていて、どきどきした。私からまとわりついて、告白して、結ばれた。

子どもができたと報《しら》せたら、ゆうにいちゃんは、産まないほうがいい、ということを言った。だけど私は反対した。猫のことを訴えた。ゆうにいちゃんは、とても穏やかに「そんなこともあったね」と笑った。

　ふたりで話し合った結果、私は、子どもの父親がゆうにいちゃんだってことを、だれにも言わない、ということになった。ふたりだけの秘密。ゆうにいちゃんはお金を払わない。なにもしない。私の存在も忘れてしまう。

　だけど、最初で最後の父親の役目として、私の両親を殺してくれる。そうすれば、私はお金に困らなくなるから。そういう約束だったのだ。

　もちろん私は、犯人がだれかも、だれにも言わない、ということになっていた。だけどその約束はやぶってしまった。両親の死体を見つけた私は、警察と救急車を電話をして呼び出し、犯人の心当たりを訊《き》かれて、ゆうにいちゃん、と言った。この子の父親なんです、と。結果的にゆうにいちゃんは捕まったらしい。きっとこれから、妻を失って、社会的地位だとかいうのも失って、たいへんな目に遭うだろう。

　警察は私のことも疑っているかもしれないなあと思う。それでもかまわなかった。私は殺してはいないから、大丈夫だろう。たぶん。この子をぶじに育てられるといいな、と思う。それと、ボロボロになったゆうにいちゃんが、いつか自分と結ばれるといいな、とも。赤ちゃんがお腹のなかで動くのを感じながら、さいきんの私は、そんな幸せな想像をして過ごしている。

ホーリーグラウンド　英アタル

初出『5分で読める！　ひと駅ストーリー　旅の話』（宝島社文庫）

タクシーから降りた私は、潮風の冷たさにコートの襟を立てた。

それからタバコに火をつける。深く煙を吸い込んで、快晴の空へと吐き出した。

うむ……空気の美味《おい》しい場所で吸うタバコは、なぜか格段に美味《うま》い。

だが都心から長時間かけてここまでタバコを吸いにきたわけではない。

私は、後輩社員を探し出して連れ帰らなければいけない。

彼は大きな仕事が片づいたのを機に、有給を取って隣の県に旅行へ出かけた。

ところが昨日、仕事がらみで彼に緊急の確認事項が発生した。

だが彼は携帯に出ず、今朝になってもその状況が続いていた。

本人から、この海岸に面した街へゆく、と聞いていた同僚がいたのでそれをヒントに、たまたま休みだった上司たるこの私が捜索を指示された、という次第だ。

人の休日を蔑《ないがし》ろにする会社の判断には憤り甚だしいのだが、彼は優秀な社員だし仕事で何度となく助けられている。個人的な感情などもあって指示を承伏したのだった。

私は吸い終えたタバコを携帯灰皿へ詰め込んで、海岸沿いの綺麗《きれい》な道を歩き出す。

とりあえずスマホで地図を確認した私は街中を目指し――やがて商店街へと出た。

建物自体は年月を感じさせるものの、景気は悪くないのか人が多く、活気もある。

大きな提灯《ちょうちん》を取り付けたり、垂れ幕の準備をしたりと、お祭りの用意でもしているようだ。どうやら近々、なにか催し物が行われるらしい。

もしかしたら、彼はそれを見にきたのかもしれない。

商店街の人々に、彼らしき人物を見なかったか聞き込みを行った。すると何人かから、それらしい背格好の男を見たという証言が得られた。

どうやらその男はここのところ毎日、海岸沿いの道から海を眺めているという話だ。男の表情はどこか思い詰めているようだった、とも商店街の人々は語った。

嫌な予感……私は駆け出した。そして目撃談のあった海岸沿いの道にジーンズ姿の若い男を発見する。ガードレールに両手をつき、少し海側へ身を乗り出している。

「やめるんだっ！」

私は駆け出していた。

彼の胴体目がけて飛びつく。

そしてアスファルトの上に倒した後輩を抱え起こす。

「早まるんじゃない！」

彼は白目を剥《む》いてぐったりしていた。

「……おい！　大丈夫か！」


「自殺ですか？　オレが？　冗談きついですよ」

そう言って、旅館の浴衣《ゆかた》姿で後輩は笑った。

「君になにかあると私は……困ってしまうのでな。冷静さを欠いていた。すまない」

宿を決めていなかった私は彼の好意で、同じ部屋に泊めてもらうことになった。いまは二人で夕飯を食べている。会社への連絡は先ほど彼が滞りなく終えてきたようだ。

「それにしても君は……なぜこの街に？　観光か？」

なにげなく尋ねると、なぜか彼は自嘲気味に小さく笑った。

「観光……とは少し違いますね。聞きますか――」

彼は沈鬱に呟《つぶや》くとグラスに残っていたビールを飲み干し、言葉を継いだ。

「男の失恋話を」

彼の思いがけない言葉に驚き、少しの間、絶句したあと大きくうなずいた。

彼はまた自嘲してから口を開く。

「片想いでした……あの子はオレの好意など知る由《よし》もなかった。オレもそれでいいと思ってました……オレはただあの子の幸せを願っていた」

仕事では良く私を補佐してくれる彼だが、そのプライベートについて私はなにも知らなかった。いつもしっかり仕事をこなす頼れる後輩にも……悩みはあったのだ。

「それで先月のことです……幸せになったんですよ、あの子は」

「結婚――か？」

彼は悲しげで、だがどこか嬉《うれ》しそうなため息を吐き出す。

「ええ。相手の男も良いヤツです、これでいいと何度も思いました。ですが……頭ではわかっていても気持ちの整理がつかなくて……あの子との思い出があるこの土地へやってきました。二十五にもなって傷心旅行ってわけです……笑ってください」

彼が会社からの電話に気付かなかったのは……そういう辛《つら》いことがあって気が回らなかったためだろう。私は答える代わりに、彼のグラスにビールを注ぐ。

そして自分のグラスを掲げた。

「今日は飲もうじゃないか」

「——お手柔らかにお願いします」

グラスが触れ合う、小さくて澄んだ音が和室に響いた。

翌日。朝食を摂《と》ったあと、後輩の彼について街へと出た。

商店街では、今日も人々がせわしなく飾り付けを行っている。

商店街を抜けた私たちは昨日、彼が海を眺めていた場所へとやってきた。

今日も天気が良く潮風が心地いい。彼は昨日と同じようにガードレールに両手をつき、地平線へと目をやった。

「芯が強くて優しくて、良い子でした。でも料理が大の苦手で……どんな魔法を使ったのかカボチャを爆発させて部屋をメチャメチャにしたときは大笑いしましたよ」

そのときを思い出してか、彼は懐かしそうに笑う。それから悲しげに目を細めた。

「生い立ちがやや不幸で……幸せになって欲しいと思ってました」

彼は砂浜へと降りてゆく。私もそれを追った。

彼はしばし砂浜を歩き回った。ときには写真家がそうするように、両手の親指と人差し指で作ったファインダーを覗《のぞ》いたりしていた。

「ちょうど、ここです――ここであの子はプロポーズを受けました」

やがて、ある場所に立ってそう言った。

「不幸だったあの子がとうとう報われた……あのときの感動は忘れられません。でも同時にショックでもありました。大事なことが一つ終わった……その事実をオレは未だに受け止め切れていないのかもしれない……」

彼は目を閉じた。

目尻からは涙が溢《あふ》れ、頰を一筋、伝い落ちる。

まぶたの裏には、笑顔と共に旅立った女性を映しているのだろうか？

「簡単には割り切れません。それでも……いつも前向きだったあの子のように――オレは強がろうと思います」

そう言った彼の瞳には、だが強い輝きがあった。

「そうか。では……帰るか」

「はい！」

「ん……あれはなんだ？」

商店街まで戻ってきた私の目に不思議なものが飛び込んできた。

「え？　どれですか？」

商店街の飾り付けがおおむね終わったようだが……

のぼりや垂れ幕には少女の絵が——アニメのキャラが描かれている。

「ああ、アニメによる街興《まちおこ》しですよ、知りませんか？」

「街興し……アニメで？」

彼は小さくうなずいた。

「最近のアニメは実在の土地や風景、建物を題材にしたりすることが多いんです。題材となった土地ではそのアニメと提携してファンを呼んで、街興しするんですよ」

「ほぉ～、上手《うま》いこと考えるものだなぁ」

心底、感心して唸《うな》る。頭の切れる人物というのはどこにでもいるものだ。

「にしても……へぇ……今期の新作アニメだったか……」

彼は手近な場所にあったアニメののぼりに歩み寄り、腕を組んだ。

そのまましばらく考え込んでいたが、

「先輩！　オレはいま新たな恋人を発見しました！　再び恋に生きます！」

突如として、そう叫んだ。

「なっ……えっ？　恋人？」

私は彼とその視線が向く先を二度、三度、見比べる。

その熱い視線は確かにのぼりへ――アニメのキャラへと注がれている。

「新たな恋人って、アニメキャラだぞ！　大丈夫か!?」

「大丈夫です！　それにオレの恋人はアニメキャラです、いままでもこれからも！」

いままでも……？　んん？　それはつまり……まさか……

「よもや……とは思うが『あの子』とはアニメのキャラのことだったのか？」

「そうですけど……まさか先輩、オレの話を三次元の女性の話と勘違いしてましたか？　どうやったら他人のプロポーズの現場を詳細に語れるんですか？」

私は手の平で顔を覆った。悲嘆に暮れる彼とその雰囲気に流されて気にとめなかったが、確かにおかしい話だった。

「それに『どんな魔法を使ったのかカボチャを爆発させて――』って言いましたけど、あれはハチャメチャな料理の腕前を揶揄《やゆ》して『魔法』と言ったんじゃなく、料理に魔法を用いようとして爆発させたんです。常識的に考えてカボチャは爆発しません」

確かに……カボチャは爆発しないが……その冷静なツッコミが妙に腹立たしいな。

「だがアニメの話だったとするなら、なぜここが思い出の場所だったんだ？」

「アニメの題材になった土地のことをファンは聖地と呼び、実際その土地へ旅することを聖地巡礼などと称するんですよ」

「つまりキミも聖地巡礼に訪れていた、と」

「そうです。先月、感動の最終回を迎えたアニメの聖地を訪れて、気持ちの整理をつけようと考えていたんですが、これもあの子の導きか——」

彼は再びアニメののぼりへ目を向け、深々と一つうなずいた。

「まずこの街でしか買えないグッズを探しに行きます。先輩は戻っててていいですよ！」

そう告げた彼は……あぁ……行ってしまった……

一人取り残された私はアニメののぼりに歩み寄った。ツインテール……と、呼ぶんだったか髪の毛を頭の両側でくくった少女が、晴れやかな笑顔を浮かべている。

『オレの恋人はアニメキャラです、いままでもこれからも！』

彼の言葉を思い出した私は……うしろに束ねていた長い髪をほどいた。

それから少女と同じように結び、近くにあったカーブミラーを見上げた。

わぁ……二十七になる『女』がやっていい髪型ではないようだ……

髪型を戻した私は、もう見えなくなった後輩を追って走り出した。

私の恋路は果てしない旅のように長いらしい。

二本早い電車で。

森川楓子

初出『5分で読める！　ひと駅ストーリー　降車編』（宝島社文庫）

「あの事故から、もうそろそろ十年ですねえ」

ふいに、そんな声が耳に飛びこんできた。

優先席に座ってる白髪の女性だ。連れの男が相槌《あいづち》を打った。

「そんなになるか」

「なりますよ。確か、今ぐらいの季節じゃなかったかしらね」

「ああ、そうそう。ゴールデンウィークに入る前だったな」

夫婦だろうか。二人とも元気そうだけど、記憶は曖昧らしい。あの事故から『そろそろ十年』じゃなくて、正確に十年目だ。そして『今ぐらいの季節』じゃなく、まさに十年前の今日、四月二十三日に起きたのだ。あの悲惨な事故は。

「この先の、大きいカーブのあたりだっけ？」

「カーブを越えた、橋の手前ですよ」

「十人ぐらい死んだよな」

「若い学生さんも巻きこまれて。気の毒でしたね」

大きなカーブというのは、地元の人間が「大曲《おおまがり》」と呼んでいる箇所のことだ。車両が傾くぐらいの急カーブなので、ここを通過するとき列車は極度にスピードを落とす。

私は二人の会話を聞きながら、窓の外に目を向けた。新緑があざやかに輝いている。

四月の終わりは、一年で一番美しい季節だ。

十年前、私はこの路線で通学していた。もちろん私だけじゃなく、T中学校に通う生徒の大半がこの電車を利用してた。

私がヨシノブと初めて顔を合わせたのは、入学式の当日だった。ヨシノブの野郎は、私のちょうど真後ろの席に座っていた。そして式が始まる直前、静けさを破る素《す》っ頓《とん》狂《きょう》な声で叫んだのだ。「こいつの髪、赤《あけ》ェェ〜!」と。その場の笑いを取るためだけに。

私は母方の遺伝で、生まれつき髪が赤い。そのことで、幼い頃からずいぶん嫌な思いを味わってきた。からかいやイジメを無視するスキルはしっかり身につけていたつもりだったけど、どういうわけかヨシノブの声は非常にカンに障《さわ》った。

もしも私がアンで、やつがギルバートだったら、迷わず石版をあやつのドタマに打ち下ろしただろう。残念ながら私はアンじゃないし、手元に石版なんてなかった。だから私は振り向きざま、ありったけの軽蔑をこめて言うに留《とど》めた。「黙りやがれ、このサル野郎」と。

どちらが先に手を出したのか、もう覚《おぼ》えてない。言い争いはいつのまにか摑《つか》み合いの喧嘩《けんか》に発展しており、体育教師に力尽《ず》くで引き離されるまで続いた。この件により、私たちは一躍有名人となった。

ヨシノブは、バカでお調子者の野球少年。私は偏屈で人付き合いの悪い文学少女だった。接点などまるで無いはずなのに、なぜか私たちはしょっちゅう角突《つの》き合わせ、口論ばかりしていた。クラスの女子からは「ケンカップル」とからかわれ、「付き合っちゃいなよ」とそそのかされたりもしたが、私は鼻で笑い飛ばした。私とヨシノブがカップル？　ばかばかしいにもほどがある。

喧嘩ばかりしながら、私たちは中学を卒業した。私は通学に一時間以上かかる女子高に合格し、ヨシノブはクラスのほとんどが進学する共学校へと進んだ。

私は毎朝、中学校のあるT駅を通り過ぎて、ずっと遠いM駅まで通うことになった。通学に使う路線は同じだけど、かつての同級生たちと車内で顔を合わせることはなくなった。私のほうが、彼らよりずっと早く家を出なくてはならなかったから。

私が乗る電車は、中学の通学電車のように混んでおらず、いつも余裕で座れた。私は毎朝、車内で文庫本を読むのを日課とするようになった。

私はもともと人付き合いが下手で、中学の三年間でほとんど友人ができなかった。高校でも同じこと。入学から半月経《た》って、そろそろクラス内で仲良しグループが形成され始めていたが、私はどこにも属さずにいた。

ある夕方。突然ヨシノブから電話がかかってきた。彼からの接触は中学卒業以来だったし、電話なんて初めてだったから、私は驚いた。

「なんか用？」

「用なんかねえよ。ヒマだから電話しただけ」

「ふーん」

「おまえ、高校どう？」

「どうって、別に」

「女ばっかの学校って、どう？」

「どうって、別に」

つまらない話をしばらくした後で、ヨシノブは急に思いついたように言った。

「そういえばさ、おまえ、いつも何時の電車に乗ってんの？」

「はあ？　七時十二分だけど」

「明日、それより二本早い電車に乗れよ」

「はあ？　なんで？」

「なんでもいいだろ。そんで、進行方向右側の窓、見てみろ」

「なんの話？」

「いいから、言う通りにしろ」

「バカじゃない？　二本早い電車なんかに乗ったら、いつもより三十分早く学校に着いちゃうんですけど」

「いいじゃん、たまには」

「あのねえ」

「必ずだぞ」

電話は切れた。

勘《かん》のいい子なら、ピンと閃《ひらめ》いただろう。何しろその日は四月二十二日、私の誕生日の前日だったのだから。

でも私は首をかしげた。私は自分の誕生日をほとんど意識してなかったし、第一、ヨシノブが私の誕生日を覚えてるなんて思いもしなかった。

ともかく、翌朝はいつもより三十分早く家を出て、二本早い電車に乗った。乗客は、いつにも増して少なかった。

ヨシノブのバカ、何考えてるんだろう。眠気の残る頭の中で彼を罵りながら、私は言われた通り、進行方向右側のドア付近に立ち、窓外のあざやかな緑を眺めていた。読みかけの文庫の続きは気になったけど、それよりもヨシノブの奇妙な電話のほうに心ひかれていた。

やがて電車は大曲のカーブに差しかかり、速度をぐっと落とした。そのとき、隣の線路に対向列車が走ってきた。

何気なく外を見ていた私は、すれ違ってゆく電車の最後尾を見て驚いた。一枚の窓に一文字ずつ、大きな飾り文字が躍っていたのだ。

「誕」「生」「日」「お」「め」「〜」「！」

そして一番後ろのドアのところにヨシノブが立ち、ニカッと得意げな笑いとVサインをこちらに向けていた。

私はあきれた。ヨシノブの意図が、やっとわかった。

大曲に差しかかると列車は速度を落とす。すれ違う電車の窓に貼られた文字をちゃんと読み取ることができるのは、この地点だけなのだ。

ヨシノブは時刻表を調べたり、下見をしたりして、ちょうどこの大曲で電車がすれ違うダイヤを割り出したんだろう。あのバカにしては綿密だ。あいつ、意外と、時刻表で人を殺せるんじゃないか。今どき、そんなトリックは流行《はや》らないか。

なんて思いながら、クスッと笑った。

その直後、あの事故が起きた。

老夫婦はまだ事故の話を続けている。

「結局、原因は何だったんでしょうねえ」

「置き石だとか、車体の整備不良だとか、運転ミスだとか、いろいろ言われてたけどな」

「わからず仕舞いでしたね」

まもなく列車は大曲に差しかかり、ガクンと速度を落とした。隣の線路に、対向列車がやって来た。

電車はゆっくりすれ違った。最後尾のドアのところに、スーツ姿のヨシノブが立っていた。速度が遅いおかげで、放心したような表情をよく見ることができた。

通勤時刻にはまだ一時間以上の余裕があるはずなのに、毎年、四月二十三日には彼は早く家を出てこの電車に乗る。そして必ず最後尾のドア付近に立って、すれ違う電車をじっと見つめている。

私が手を振ると、彼の表情がふっと翳《かげ》った。

私のこと、見えてるんだろうか。あいつ、霊感なんてありそうにないけど。

あの日、ヨシノブが「二本早い電車に乗れ」と指示したために、私はあの事故に遭い命を落とした。普段通りに行動していれば、避けられたものを。

彼は今、地元の食品メーカーに勤める新米社員だ。仕事はそこそこ、給与もそこそこ、友達は多いけど彼女はいない、平凡なサラリーマン。

どういうつもりだか知らないが、彼は毎年この日のこの時刻に一番後ろの車両に乗って、対向列車をじっと見つめることを自分に課している。この十年間、ずっと。

彼に、伝えたいことがある。

ひょっとして、私が恨《うら》んでると思ってるわけ？　毎年この日、この電車に乗り続けてるのは、私への懺悔《ざんげ》のつもり？　だったら勘違いはやめてよね。私、そんなに執念深い性格じゃないから。

それはまあ、死んじゃった直後は「あのバカのせいで！」と腹立たしく思ったりもしたけど。今は全然、そんなことない。あんたが無い頭を絞って考えてくれたサプライズメッセージ、わりと、嬉《うれ》しかったし。

私がいまだに成仏《じょうぶつ》しないのは、別にあんたのせいじゃなくて、単に方向音痴であの世への道を見失ったから。それだけだから。

あんたが一人前になって、可愛《かわい》い奥さんもらって子供作って、やがてこの早朝の電車に乗るのをやめる日がきたら——そしたら私も、本腰入れて成仏するつもり。

いつになるのか知らないけど。それまでは私、ここにいる。

夏祭りのリンゴ飴は甘くて酸っぱい味がする

堀内公太郎

初出『５分で読める！　ひと駅ストーリー　夏の記憶　西口編』（宝島社文庫）

「話があるの」

不意にユミがそう告げる。俺は一、二歩進んでから、足を止めて振り向いた。

夕暮れどきだった。空が真っ赤に染まり始めている。もう三十分もすれば、辺りは完全に夜の気配に包まれるだろう。そうなれば、祭りもさらに盛り上がりをみせる。

ユミの背後には屋台が連なっていた。威勢のいい呼び込みが、そこらじゅうから聞こえている。俺は右手にリンゴ飴《あめ》を持っていた。リンゴ飴のような甘ったるくベタベタしたものはキライだが、ユミが勝手に買ったのだ。「食べるでしょ」と当然のように訊《き》かれたので、いらないと答えるわけにもいかず、仕方なく受け取っていた。

そういえば、オヤジも屋台ではいつもリンゴ飴を買っていたなと思い出して、苦々しい気分になる。せっかくのユミとの時間なのに、オヤジのことは思い出したくない。

ユミの表情は先ほどまでの明るいものではなかった。伏し目がちに地面を見つめている。明らかに緊張しているようだ。

はたしてどんな話なのだろう。いい話なのか、悪い話なのか。いずれにしろ、今日、俺を夏祭りに誘ったのはその話をするためだったに違いない。

俺は背筋を伸ばした。どんな話でも受け入れる準備はできている。結局、俺の望みは一つなのだ。ユミが幸せになること——それしかない。たとえ、その結果として、俺には悲しい結末が待っていたとしても。

暑いなと思った。額から流れた汗が、頬をつたって顎の先から地面に落ちる。この時間になっても、まだ三十度近くはありそうだ。

ユミが視線を上げた。夕焼けが顔を赤く染めている。キレイだなと思った。

＊＊＊

ユミは駅前の商店街にある定食屋、吉田屋《よしだや》の娘だ。二十八歳。ユミのことは俺も小さいころからよく知っている。近所に住む者でユミを悪く言う奴はいない。いるとしたら、二丁目のワタナベや三丁目のサイトウぐらいだ。いずれもユミに告白してフラれた奴らばかりだ。つまり、逆恨みということだろう。

老人から子どもまで、「吉田屋のユミちゃん」は人気者だ。告白しなくても、ユミ目当てで吉田屋に通っている男どもは多い。かくいう俺もその一人だ。外食のときは吉田屋を意識的に選んでいる。もちろんユミに会いたいからだ。

しかし、その他大勢の奴らと俺とでは明らかに違う点がある。俺がユミとプライベートでも会っていることだ。月に何度かユミの休みに合わせていろいろな場所に出かけている。映画や遊園地、ユミが弁当を作ってくれてハイキングに行ったこともある。

それだけではない。自宅に食事を作りに来てくれることもあった。かといって、恋人同士という仲ではない。かれこれ三年はこういう関係が続いている。

ユミにときおり縁談の話が持ち上がっているのは、俺も小耳に挟んでいた。ユミなら引く手あまただろう。しかし、どれほどいい話であっても、ユミは首を縦に振らない。相手に会うことも、これまで一度もなかったそうだ。

ユミには意中の相手がいるのではないか。そんな噂《うわさ》が広がるのも、当然と言えば当然だろう。しかし、近所の噂好きのおばさん連中がどれほどしつこく探りを入れても、ユミはあいまいに笑うばかりで、肯定も否定もしないという。

意中の相手が誰なのかは、あまり考えたくない。考えれば考えるほど落ち込んでしまう。普段から会っていると言っても、ユミと俺が不釣り合いなのは俺自身がよく分かっていた。二人が交わらないことは、誰よりも俺が一番知っている。だから、ユミを困らせないためにも、告白したことはこれまで一度もなかった。

俺ではユミを幸せにできない。

俺には経済力がない。今の俺にユミを養っていけるだけの収入はない。空いた時間を使って、小難しい本を読むばかりの毎日だ。そんな俺とユミが釣り合うとは、とてもじゃないが思えなかった。

それでも、ユミにとって俺が特別な存在であることは間違いない。けっしてうぬぼれではないはずだ。しかし、それは恋愛感情ではない。あくまで成り行き上と言ったところだ。腐れ縁とは少し違うが、相手をせざるを得ないというのが本音だろう。

ただ、淡い期待を抱いていないわけではない。男なら誰だってそうだろう。好きな女に優しくされたら、つい自分に気があるのかと思ってしまう。俺もご多分にもれずそうだ。勘違いしそうになる自分を抑えるのに、いつも必死になっている。

そういうときは、どうしてもユミにつっけんどんな態度をとってしまう。そんなときでもユミは優しくしてくれる。そのたびに、俺は冷たい態度をとったことを恥じた。

実は、ユミの意中の相手には心当たりがある。少し注意していればすぐに分かるはずだ。あいつと話すときだけ、ユミの声のトーンがわずかに高くなる。ほかの相手とは明らかに違う。周囲がなぜ気づかないのか不思議だった。

ユミの意中の相手は、ヒロシに違いない。

悔しいが、それを否定する要素は俺にはない。しかし、裏づける証拠ならいくらでも挙げられる。声のトーンだけではない。ヒロシに向ける潤んだ瞳もそうだ。ほかの男にはけっして見せない表情も、ヒロシがいるときにはふとのぞかせることがある。

ヒロシにだけ、こっそりご飯を大盛りにしていることにも俺は気づいていた。

ヒロシのことも、俺は小さいころからよく知っている。ヒロシが嫌な奴だったら、余計なことを考える必要はない。それなら、ユミとの仲を邪魔するだけだ。しかし、ヒロシは腹の立つぐらいいい奴だ。だから、複雑な気持ちなのだ。

ヒロシが頑張っているのは、近所の誰もが知っている。五年前に妻を病気で亡くしてからは、男手ひとつで子どもを育てている。苦労人なのだ。

しかし、そういう様子を微塵《みじん》も見せない。いつも笑顔で周囲に接している。グチをこぼしているところは見たことがない。ヒロシはすごい奴だと俺も認めている。ユミが惹《ひ》かれる気持ちも分からなくはない。

（相手がヒロシなら……）

俺も心の中ではそう思っている。ヒロシならきっとユミのことを幸せにできる。俺と違って、定職に就《つ》いていて経済力もある。コブつきでも問題はないだろう。ヒロシのおおらかな心とユミの明るい笑顔があれば、うまくやっていけるはずだ。

あとはタイミングの問題だろう。タイミングさえあえば、二人が一歩踏み出すことに障害はない。ヒロシならユミの両親も反対はしないはずだ。

「ヒロシくん、うちのでよければもらってやってよ」

いつも吉田屋の厨房《ちゅうぼう》にいるユミの父親が、冗談めかしてそう言ったのを聞いたことがある。客はヒロシのほかに俺しかいなかった。父親がそう言ったのは、俺がトイレに立ったときだ。俺に聞こえていないと思ったのだろう。俺は便座に座ったまま、一人ため息をつくしかなかった。

もしかして父親は、娘の気持ちに気づいていたのかもしれない。なかなか先へ進もうとしない二人を、後押ししようとした可能性も充分に考えられた。

状況は整っている。お互いの気持ちや周囲の環境に問題はない。

しかし、俺は心に決めていた。自分からは絶対に白旗を上げない、と。

これは男としての俺の意地だ。自分で舞台から降りることはしたくない。降りるのは、相手から引導を渡されたときだけだ。

しかし、その瞬間が目の前に迫っている。

＊＊＊

「たぶん気づいてると思うけど」ユミが続けた。「私、好きな人がいるの」

ユミが再び視線を伏せる。長いまつげが夕陽に輝いていた。浴衣の襟首からのぞく鎖骨が妙に色っぽい。こんなときにもかかわらず、俺は不謹慎にもそんなことを考えていた。たぶん、現実を受け入れたくなかったのだろう。

「相手はヒロシさんなの」

祭りばやしが耳に届いている。腕にも首筋にも汗がにじむほどなのに、ちっとも暑さを感じない。俺は右手のリンゴ飴を強く握りしめた。分かっていたこととはいえ、ユミの口から直接聞かされると、想像以上にショックは大きかった。

それでも俺は笑みを浮かべた。俺が悲しい表情を見せれば、ユミが気にする。俺が望むことはただ一つ、ユミの幸せだ。自分の気持ちは二の次でかまわない。

ユミが視線を上げる。それでね、と言うとゴクリと喉を鳴らした。緊張感がこちらにも伝わってくる。ユミは唇を何度かなめた。俺はそれをぼんやりと眺めていた。

「ヒロシさんと結婚したいと思ってるの」

俺はこの三年あまりの日々を思い返していた。ユミに片思いし続けた三年間だ。正直、かなわぬ恋をつらいと思ったこともある。しかし、総じて考えれば、しあわせな時間だった。人を好きになることの大切さを知った三年間と言ってもいい。

──恋をして恋を失ったほうが、一度も恋をしなかったよりマシである。

イギリスの詩人、アルフレッド・テニソンもそう言っている。ユミには感謝すべきだ。ステキな時間をありがとう、と。そして、これからもよろしく、と。

「いいんじゃない」俺は言った。

ユミが目を見開いた。俺の顔をマジマジと見つめてくる。

「おめでとう」俺は口元をゆるめた。

ユミの顔に笑みが広がっていく。やがて、満面の笑顔になった。

「ありがとう！」

ユミは近寄ってくると、かがみ込んで両手で俺を抱きしめた。

恥ずかしさに頬が熱くなる。しかし、嫌がってユミの気持ちに水を差すのも大人げない。俺は素直にユミに抱きしめられた。一瞬、このまま甘えたい誘惑にかられるが、あわてて理性を保つ。そんな子どもじみた真似が、俺にできるはずがない。

「私、いいお母さんになるね」

ユミは瞳を潤ませていた。俺に賛成してもらったのが、よほどうれしかったのだろう。俺は自らの心の痛みを隠したまま、微笑《ほほえ》みとともに頷《うなず》き返した。

ユミが幸せならそれでかまわない。

手にしたリンゴ飴をなめてみた。やたらとベタベタした味がする。やっぱり俺はオヤジと違って、リンゴ飴がキライだ。この大キライな味とともに小学校最後の夏休みに破れた恋のことを、俺はきっといつまでも忘れないだろう。

俺の名前はヤザワトオル。父、ヒロシとは長く二人暮らしだったが、どうやらもう一人家族が増えることになりそうだ。ちなみに可愛《かわい》げがないというのが周囲における俺の評判だが、特に気にしていない。

ぽちゃぽちゃバンビ　大間九郎

初出『5分で読める！　ひと駅ストーリー　夏の記憶　東口編』（宝島社文庫）

夏ということなので、これは海に行くしかないということになり水着を選びにきた。自分の欠点は隠さずに曝《さら》け出したほうが目立ちにくいとよくいわれるが、このえぐりこむような胸部は質量がないので曝け出しようもない。横にいる秋奈《あきな》の胸部が活火山だとするならば、私の胸部は死火山、いや、山ですらない。丘？　いや、盛り上がっていないなか、ポチッと『たけのこの里』のように乳首さんだけがおわしますので丘ですらなく、一番近い形状の自然物は湘南《しょうなん》で見た、海上に鎮座奉《たてまつ》る烏帽子岩《えぼしいわ》ではないだろうか。

凪《な》いだ海、そこだけポチッと、烏帽子岩。

死にたくなってきた。

「夏花《なつか》に、これとかどうかな？」

秋奈が差し出すセパレートタイプのタンキニは確実に流行おくれの型だがなるほど私のような赤子の手足が伸びた体型には良く似合うかもしれん。屈辱だが、これを受け入れるしかないのか。型おくれの、水着を大枚はたいて買うしかないのか。烏帽子岩たる自分の胸部が憎いっ！

「気に入らない？」

いや、気に入らないわけではない。確かに私には良く似合うと思う。はっきりいって私に似合う水着はこの型おくれか、スクール水着ぐらいだろう。

「試着してみようよ」

秋奈は手に四着ほど可愛《かわい》らしいセパレートタイプの水着をもち試着室に私を誘導する。一人でいきにくいよね試着。水着だし、かなり脱がなきゃいけないし、なんとなく一人じゃ怖い。しかし、この型おくれを試着する必要があるのだろうか？　もうある程度似合うことが分かってしまっているモノを、わざわざ着て確かめる労力が惜しいので、三角ビキニを一つ手に取る。

「夏花……それ着るの？」「着るね」「す、すごい勇気だね」

そうか？　確かに生地部分は少量だが、試着だ。海で着るわけじゃない。そんなに恥ずかしがることだろうか？

「じゃ、終わったら声かけてね。見せあいっこしようっ」

そう秋奈がいい、私が頷《うなず》き、二人同時にシャッと試着室のカーテンを閉める。

「夏花！　スゴイよ！　似合うよ！」「そ、そう？」「スゴイかわいい！　スゴイいい！」「ホント？　エへ、少し大胆かな？」「全然！　夏花が着ると全然いやらしい感じしないよ！　モデルみたいだよ！」「も、もでる、」「スゴイいい！　それにしなよ！」「お、おかしくないかな？」「全然！　それじゃなきゃダメって感じだよ！」

「コレください」

私はその場の雰囲気に弱い。

「夏、ど、どうしたの？」

冬太《ふゆた》が私を見て、顔を真っ赤にさせているがそれは致し方ないことだろう。なにせ三角ビキニなのだ、生地が少量で、そのうえ茶色だ。

「なんか、すごいね……」

冬太が顔を赤くし、俯《うつむ》く。私も恥ずかしいので俯いてしまう。二人して会話もなく人でごった返す海水浴場で立ちすくむこと十数分、頭にボロボロのストローハットをかぶり、首にジャラジャラ呪術師が使うキジーツのようなアクセサリーを巻いて活火山をより活火山させたパステルピンクの花柄ビキニを着た秋奈がきて、黒いスパイダー柄の水着を着た春彦《はるひこ》君が手に四本ペットボトルを持って現れ、冬太と私の金縛り現象は終わりを告げ四人して空《あ》いてるスペースを見つけレジャーシートを広げる。

「なっちゃん、その水着、スゴくにあってるよ」

春彦君が私にペットボトルを差し出しながら爽やか満点の笑顔を見せる。口が大きいから笑うと奥歯まで見えるね君、キラッて感じだね。なんて思いながらペットボトルを受け取りキャップを捻《ひね》る。一口飲んで横にいる冬太にわたそうとすると、恥ずかしがって、「自分のがあるから、春彦君にもらったから」と受け取りを拒否されてしまう。なんだこの野郎、私のコーラが飲めないのかこの野郎。なんて思うが、口には出せないので澄ました顔をして、もう一度ペットボトルに口をつける。

そう、何を隠そう私は冬太のことが好きだったりするのである。

　冬太と私は小学校からの付き合いで、小学校六年間、中学三年間、高校三年間、大学三年間と半分、合計十五年と半分を共に過ごしてきたのだ。冬太は小学校の頃さっぱりとした性格と、高い身体能力でクラスの人気者的地位をほしいままにし、その時好きになった。その後中学に入ると冬太はテーブルトークRPGなるゲームにはまり、そこからアナログゲームの世界に傾倒し、心酔し、太り、ぽちゃぽちゃになり、ヲタク化し、スクールカースト最下層に沈殿していった。私的にはずっと好きだったので、誰からも相手にされなくなっていく冬太を見て、これならライバルとか現れなくってよいわ、なんて思っていたのだが、ライバルは現れなかったのだが、冬太が恋をした。大学に入り、誘われるままに『ゲームサークル』（冬太は勘違いしていたがここでいうゲームとはダーツやボウリング、ビリヤードなどおしゃれさんなゲームであり、冬太は御《お》御《み》御《お》付《つ》けの麩《ふ》のように浮くだけ浮いていた）に入った冬太はそこで衝撃的出会いをする。ぷりぷりな唇とオレンジブラウンなサラサラロングと活火山、そう秋奈だ。心臓をマカンコウサッポーでぶち抜かれ、なんとかお近づきになりたいとふらふらよっていくがそこには彼氏さんである爽やか良い男春彦君がいて、見ていてかわいそうなので私もサークルに入り秋奈と友達になり、なんとか四人で行動できる環境を作り上げてあげたのだ。

何をやっているのだと自己嫌悪になり、毎晩枕を抱えて身悶《みもだ》えてしまうわけだが、どうしても冬太が悲しむ顔を見るのが嫌でいろいろおせっかいをしてしまうのである。

我ながらバカな女だと思う。


見てる見てる、ちらちら冬太が秋奈を見てる。四人してレジャーシートに座ると冬太はすぐさま無言になり私越しに明菜の活火山チラ見し始めた。顔真っ赤っかですな、ビキニですからな。しかし冬太よ、お前はチラ見のつもりでも分かるからな。思ってるよりお前のチラ見露骨だからな。よし、ここはお仕置きだ。体を少しずらし秋奈と冬太の間に壁を作る。うしししし、さぞかし冬太はしゅんとした顔をしているだろうと見てみると、煮ダコか？　食紅染色《しょくべに》かってくらい真っ赤な顔した冬太が、私の脇を見ていた。正確には、脇を通して質量ゼロのためかぱかぱに浮いてしまってる三角ビキニの下におわす烏帽子岩様を見ていた。

「あにゃー！」「どうしたの夏花？　！　浮いてる！　見えてる！」「うきゃー！」

「バスタオル！　とりあえずバスタオル巻いて！」

プチパニックがあり、私は一日バスタオル巻いて一人風呂上がりのような格好で海水浴にいそしんだ。海の家はそこそこ充実していて、焼きそばラーメンかき氷的なモノではなくカフェごはん的な？　そんなおしゃれメニューも充実していてなかなか楽しめるシチュエーションではあったわけだが、なにせ冬太に烏帽子岩見られているのでテンションが回復せず、夕日さす浜辺の散歩もアンニュイなため息を漏らしてしまったりするのだ。

「なっちゃん、今日は楽しかった？」春彦君が夕日に照らされながらキラキラスマイルを放ってくる。いつの間にか私と春彦君は二人っきりで、冬太と秋奈は消えていた。「なっちゃん、きいて欲しいことがあるんだ」と、春彦君がいうので立ち止まり、私と彼は夕日をバックに向かい合う。

「なっちゃん好きです。僕と付き合ってください」と、春彦君が握手するみたいに手を出す。ん？　なにいってんだ君は？　君、秋奈の彼氏さんでしょうが。と、問うと、「秋ちゃんとは付き合ってないよ？　なんていうか、元カノ？」とかいいだした。「いや、よく二人でいるじゃん？」「別れても、仲は良いし」「ん？　秋奈って今フリー？」「いや彼氏いるよ、社会人の」「彼氏いるのに、男連れで海とか、いいの？」「僕がなっちゃんのこと好きだから、協力してもらってるんだ。彼氏さんも了承済み」「？今きっと冬太と秋奈、二人っきりだよね？　いいの？」「冬太君、秋ちゃんのこと好きだよね、でも彼氏さんいるし、それに、彼全然、秋ちゃんのタイプじゃないよ」

ぐわーん、どうしてこうなった。冬太の恋を応援してるつもりが、何時《いつ》の間にか告白されていた。目の前には良い男春彦君が顔を少し赤らめて、私に右手を出して告白の返事を待ってる。どうしたモノか？　いやいやどうしたモノかじゃない。とりあえず、

「ごめんなさい。お付き合いはできません」と、御断りを入れる。

「な、なんで？」「好きじゃないから」「僕のこと嫌い？」「嫌いじゃないよ、でも好きって感情はない」「付き合ってくウチに、好きってなってくかもよ？　そうなるように努力するし」「ごめん、私、今好きじゃない人と、お付き合いとかできないから」「そう固く考えずに、お試し的に、僕と付き合ってみない？　楽しませるし」「別に毎日そこそこ楽しいからいい」「え〜」って感じで告白を断ると、しょぼしょぼ春彦君はどこかに消えていった。

春彦君が消えて、かわりに冬太が泥団子みたいな顔色をして現れた。「どうした冬太？」「秋奈さん、彼氏いるんだって」「社会人らしいぞ」「夏知ってたの!?」「さっき知った」「好きですっていってみたんだ」「お、おう」「知ってたっていわれた」「お？　おう」「お付き合いはできませんて」「おう」「でもいいんだ、すっきりしたよ。好きですって気持ち伝えられただけでよかった。好きで、毎日悶々《もんもん》として、どうしようもなかったけど、これでなんていうか、」「区切り？」「ん、まぁそんな感じ」そういっ

て冬太は力なく笑う。でもその顔は冬太で、私が好きな冬太だった。

「冬太、悔いとかってない？」と私がきくと、「うん、告白してよかった」そういって、私の前を歩き始める。

秋奈に電話したら、彼氏さんが迎えに来るので先に帰っていてほしいとのこと。春彦君も消え、私と冬太は二人、電車に乗り家路につく。冬太は寝ていて、私の肩に頭を乗せる。夏の匂いと、海の潮の匂いと、大好きな冬太の匂いがした。冬太は告白をして、前を向いて歩いてく的な心境になったらしいのだが、それなら、私だって前を向いて歩いたりしたりしてみたっていいはずなのではないだろうか。

冬太、好き。とりあえず心の中で告白してみる。すごくドキドキするが、現状は変わらないので、声に出していってみる。

「冬太、好き」冬太は寝てて、電車は揺れてて、私の告白は不十分で、でも少し、少しだけ、今までとは世界が違って見える。

ピロロン、私の中の〝冬太愛〟がレベルアップする。むふー、口元が緩んでしまう。このレベルアップ音が、十五年と半分、私を冬太から逃がしてくれない正体だ。

好きな気持ちは、気持ちいいのだ。

五十六　加藤鉄児

初出『10分間ミステリー　THE BEST』（宝島社文庫）

信子《のぶこ》がゆっくりと目覚めた。

妻は、自分がもうすぐ死ぬことを知らない。

「よく眠ってたな」

医者からは、今夜が峠だと聞かされていた。

それでもなるべく普段通りに聞こえるよう、素っ気なく仁衛《じんえ》は告げた。すべてが白く映る病室で、パイプ椅子に腰を据えたまま動こうともしない。

見合いの席で互いに妥協した、始まりの日から五十年以上、ずっとよい夫ではなかったのだ。この期に及んで情けない姿を見せようとは思わない。

「アンタこそ……アタシが苦しんでるってのに……そこで眠りこけてたんでしょ」

弱々しい声ではあったが、今日も信子は辛辣《しんらつ》だった。口の悪さは仁衛以上だ。

『この薄情者！　アンタなんか、さっさとくたばっちまえ！』『なんちゅう言い様だ。お前こそくたばっちまえ！』『お生憎《あいにく》様。アタシはね、アンタの死に顔を拝める日が早く来ないかと、それだけを楽しみにしているのさ』『縁起でもないことを、しゃあしゃあとぬかしやがる。はあ、どうしてこんな女とくっついちまったんだろう』『それはこっちのセリフだよ。アンタみたいな甲斐性《かいしょう》なしを面倒見てやってんだ。ありがたく思うんだね』『なんだと、このクソ女！』『どっちがクソだい。このクソ男！』

そんな罵り合いが、子供のいない夫婦の間で、毎日のように続いた。続いたということは、途切れなかったということだ、半世紀も。

信子の口元が喀痰《かくたん》で汚れていた。仁衛はティッシュを探したが、数年前に患った緑内障のせいで視野が狭い。棚の上にティッシュは見つかったが、今度は膝の疼痛《とうつう》のために立ち上がることができない。

やっと信子の口元を清めると、仁衛は見つめた。

若いころ、ふくよかだった頬には、骨と筋が浮かんでいる。野良仕事のパートに明け暮れて、女だてらに焼けていた肌が、いまは透き通るように白い。

互いに歳をとった。けれど信子の場合は、それだけではない。

「どうしたの……薄情者……元気、ないわね」

薄情者と口火を切って、妻はいつもの会話を望んでいる。だが、あれほど豊富に取り揃《そろ》えていた返し文句が、どれ一つ声にならない。本当に薄情な夫だ。

せめてものつもりで信子の手を握る。潤いを失ったしわくちゃな手が、温かい。

「ねえ……覚えてる？　五十二番……」

信子がか細い声で訊《き》いた。五十二番とは、何のことだっただろう。

「忘れちゃったの？　あんなに付き合ってあげたのに……」

思い出した。かつて二人の間で流行《はや》った、他愛もないやりとりだ。

「明けぬれば暮るるものとは知りながら　なほ恨めしきあさぼらけかな」

小倉百人一首、五十二番目の歌――。


二十年も前のことだ。

部品工場を定年退職して、無為な日々を過ごしていた仁衛に、信子が『モーロクされても困るから』と趣味を持つことを勧めてきた。

百人一首を選んだ理由は、もう記憶にない。子供の遊びだと甘く見ていたのだろうが、還暦過ぎの衰えた頭にはかなりの難業だった。

『ああ、もう。どうしてそんなにダメなのかしら。イライラするわね』

四苦八苦する仁衛を見かねて、信子が助け舟を出してくれた。信子が上の句を詠《よ》み、仁衛が下の句を諳《そら》んじる。歌かるたの定法の日々が数年は続いたろうか。

『いい加減にして。いつまでアタシに上の句を詠ませるのさ』『物覚えが悪いにも程があるわ。何とかならないの』『アホ！　そこは〝名こそ流れてなほ聞《きこ》えけれ〟でしょ』『どうしようもないわね、このウスラトンカチは。モーロクする前に、さっさとくたばっちまえ！』

悪罵も月日の分だけ重ねられた。

一進一退を繰り返しながら、夫に諳んじることのできる下の句が増えていく。

やがて仁衛がすべての下の句を覚えると、信子の役目は、一から百まである番号から一つを選ぶだけになった。仁衛はその番号の歌をそらで吟《ぎん》ずるのだ。

一覧を片手に正否を確認する妻の姿を見て、『毎日付き合っているんだから、お前も覚えたらどうだ』と誘ってみたこともある。信子は『なんでアタシが。モーロクしそうなのは、アンタなのよ』と、まるで興味を示さなかった。

容赦のない叱咤《しった》激励は、さらに数年間続いた。

そして仁衛の脳裏に、百ある歌のすべてが刻まれた。

「へえ、やるじゃない……そんなふうに思ったことなんて……一度もないくせに」

藤原道信朝臣《ふじわらのみちのぶあそん》の歌に、ただの出題者だった信子が、知ったような口ぶりだった。

「次の五十三番は……確か……女の人の歌だったわよね」

女の人とは、右大将道綱母《うだいしょうみちつなのはは》のことを言ったのだろう。いまさらなぜ百人一首の話をしたがるのか、わからなかった。

「歎《なげ》きつつ……」

不意に信子は歌った。

「……ひとりぬる夜の明くる間は……いかに久しき……ものとかは知る」

息は絶え絶えに、声は弱々しく、両眼は胡乱《うろん》なままに、けれど確かに歌った。

『ぬる』とは、寝るの意味だ。若き日の記憶が蘇《よみがえ》る。夜勤のある職場だった。夫は夜に家を出て、朝に帰る。日中パートで働く妻とは、すれ違いも多かった。

興味がないのでは、なかったのか。

「信子、お前……」

「やっぱり……アンタは鈍いわね」

悪態をつきながら、信子が手を握り返してきた。口元には笑みさえ浮かんでいる。

「次も……女の人……五十四番、儀同三司母《ぎどうさんしのはは》」

信子は詠み手まで知っていた。

あれほど多くの時間を二人で費やしたのだ。先にすべてを記憶した妻は、澄ました顔をして、物覚えの悪い夫を待ち続けたのだ。

ならばきっと、歌の意味も知っている。

「忘れじの……」信子が震える声で紡いだ。「行末《ゆくすゑ》までは難《かた》ければ……今日《けふ》を限りの……命ともがな」

今日を限りの命ともがな——。

そして、信子は知っている。まもなく自分が逝《い》くことを。

白い枕の上で緩慢に、首から上だけが仁衛のほうへと向く。

瞳には慈愛、頰には哀惜。鼓動さえままならない身で、必死に訴えてくる。

「さあ……次は男の人……アンタの番よ」

五十五番、大納言公任《だいなごんきんとう》――。

これから信子がしようとしていることが、仁衛にはわかっていた。

妻の眼から一筋がこぼれる。

情けないことだ。すでに夫は、どうしようもなく泣き濡《ぬ》れていた。

もう時間がないのだ。

「滝の音は……絶えて久しくなりぬれど……」

上の句を詠んだところで言葉に詰まった。下の句は〝名こそ流れてなほ聞《きこ》えけれ〟だ。忘れたわけではない。どうしても声にできない。口汚い妻の前で、口汚い夫が台無しだ。嗚咽《おえつ》がせり上がってくる。

「どう……したの……あんなに練習したのに……だらしないわねえ」

消えかかった声だが、傲慢《ごうまん》な物言い。間違いなく信子だ。何物にも代えがたい、仁衛の妻だ。

「信子、お前は……お前は……」

五十五番の歌を詠めば、その次は――。

「五十六……」信子が言った。

「もう歌うんじゃない。お願いだ……」

夫は懇願した。妻はかすかに首を振る。

「アンタ……何を言っているの……大事なことなのに……忘れちゃったの」

意識が混濁しているのか。歌でなければ、何だというのだ。

信子の視線が仁衛の元に届いた。夫の手の中で、妻の手が力を失っていく。

「今年で……五十六年よ……アタシたちが一緒になって……本当に長かったわ」

信子のまぶたが閉じられようとしている。彼女の意志がそうさせるのではない。

「こんな大事なことを……忘れちゃうなんて……本当に薄情よね……アンタもさっさと……くたばっちまえば……いいのよ」

さっさとくたばっちまえ——ずっと信子の口癖だった。

この五十六年間で何千回、いや、何万回聞かされたことだろう。そしてその数の分だけ、お前こそくたばっちまえ、と返してきた。

悔やんだ。望んでもいないのに、いまからかなえられるのは、仁衛のほうだ。

それでも、信子は待っている。

「……お前こそ……くたばっちまえ……」

仁衛は声を絞った。連綿と続けられた夫婦の儀礼だった。

滲《にじ》んだ視界の向こう側で、信子の頬が淡い笑みを湛《たた》えた。

「次の歌よ……最後だから……ちゃんと……覚えておきなさい」

まぶたはすでに閉じていた。夫に伝えるべく、唇だけが歌を詠む。

五十六番、和泉式部《いずみしきぶ》――。

「……あらざらむ……この世の外《ほか》の……思ひ出……に」

歌は上の句で途切れた。

「信子！　信子！」妻の名を、夫はただただ呼び掛ける。

けれど信子は、いつまでもそのままだった。

下の句が詠まれることもなかった。

やがて仁衛は、自分が問われたのだと知った。あの頃のように応えた。

「今ひとたびの……逢《あ》ふこともがな……」

狭い病室には、残された者の嗚咽だけがこだまする。

それは日々罵り合いながら、五十六年もともに歩んだという老夫婦の、最後の別れの時だった。

●現代訳（野ばら社『百人一首　改版』より引用）
五十二番（夜が明けて昼になれば、またその日が暮れて、日が暮れれば夜が来て、あなたに逢うことができる――それはわかり切っているのだが、やはり別れなければ

ならない朝はうらめしく思われますよ）

五十三番（ひとり悲しく寝て、あなたを待っている。その晩の夜明けまでの間が、どんなに長いものであるか、そんなことご存じないでしょう）

五十四番（いつまでも忘れないと言ってくださるお言葉は嬉《うれ》しいけれど、あなたが、いつまでもその約束を守ってくださることは難《むず》かしいでしょう。いっそ、そういう優しいお言葉をきいた今日、この日を最後として、あなたに愛されながら、私は死んでしまいたい）

五十六番（病んでいる私は、もう間もなくこの世に別れを告げることになるでしょう。せめて、死後あの世へ行ってからのなつかしい思い出になるように、もう一度お逢いしたいものです）

星天井の下で　辻堂ゆめ

初出『５分で読める！　ひと駅ストーリー　旅の話』（宝島社文庫）

ああ、星がとても綺麗《きれい》だ。

僕は寝転んで明美《あけみ》のことを考えていた。手が届きそうな星を見上げていると、どうしてもあの日のことを思い出してしまう。

あの日の星空も美しかった。それこそ、僕の網膜にいつまでも焼きついて離れないくらいに。

もう随分と前のことになったね。……僕らが一緒にいたのは。

久しぶりのドライブだった。一泊二日で浜辺のそばのペンションにでも遊びに行こう、なんて僕から言い出して、一時間半くらいかけて伊豆《いず》まで車を走らせた。確か僕の店の定休日だったから、月曜のことだ。

人前で肌を露出するのは嫌だ、なんて弱気なことを言っていた明美も、人がまばらな砂浜を見て安心したようだった。お洒落《しやれ》なホテルが集中している場所からはちょっと離れたところにあるペンションをわざわざ選んだのは、そんな明美のためだ。建物は古かったし、部屋も少しばかり黴《かび》臭かったけど、目の前にプライベートビーチと言ってもいいくらい静かで人のいない浜辺があるだけで十分だった。

それでも明美は、昼間の太陽に肌を晒《さら》すのを嫌がった。だから僕がようやく明美を海に連れ出せたのは、夕食を済ませた後、夜の九時近くになってからのことだった。

もう人は誰もいなかった。涼しい海風が吹いていて、波も穏やかだった。満天の星々が僕らを見下ろし、その間に下弦の月がぽっかりと浮かんでいた。

夜の砂浜にそっと腰を下ろして、僕らは二人きりで語り合った。これまでのことを。これからのことを。

明美と出会って一年という時間が経《た》っていたけど、楽しかったことも喧嘩《けんか》したことも、全て僕にとっては大切な思い出だった。未来には希望しか見えなかった。この瞬間が永遠に続けばいいのに、と僕は明美に囁《ささや》いた。でもその言葉は、波の音に掻《か》き消されて、明美には届かなかったようだった。

そんな僕らの過去を確認し合うたび、気持ちが昂《たかぶ》り、心の奥底が熱を帯びた。夜の海岸という非日常的な空間が、いつも以上に僕を刺激してしまったのだろう。まず、僕は目を細めて明美の白いうなじをなぞった。それから彼女の肩に手をかけ、砂の上に押し倒した。

上を向いた明美の顔が半月に照らし出された。僕はその驚いた表情をも愛《いと》おしく思いながら、彼女の身体に覆いかぶさった。明美は嫌だと言って身体を後ろにずらしたけど、興奮していた僕はそんなことには構わず、ひたすら熱い衝動をぶつけた。最初は手加減しながら。だんだんと強くしていって、最後はありったけの力で。何度も、何度も。

明美は胸を押さえて、瞳を潤ませていた。呼吸も荒くなっていた。月明かりの下で見るその姿は、本当に艶《あで》やかだった。

最後は、紅《あか》く染まった頬にそっとキスをした。力が抜けて動けなくなっている明美を見て、思わず笑ってしまった。ごめんね、と僕は明美の耳元で呟《つぶや》いて、彼女の細い身体を抱き上げた。

明美の頬にはガーゼが貼ってあった。そっと剝《は》がすと、その下から彼女が痣《あざ》と呼んでいた赤い線が現れた。僕は背中を丸め、その線に唇を這《は》わせた。明美は整形するんだとか人前に出られないとか言って気にしていたけど、そんな必要はない。僕にとっては、その痣の形でさえ、芸術なのだから。

僕は明美を抱き上げたまま、海へと入っていった。打ち寄せる波が、ひんやりと足を包み込んだ。しばらくそのまま佇《たたず》んで、無数の星が煌《きらめ》く夜空を眺めていた。

この世界には僕らしかいないんじゃないか。

そう錯覚させられるくらい、壮大な星空だった。涼しい空気の中で、明美の微《かす》かなぬくもりが心地良かった。

旅先の風景とは、いつまでも心に残るものだ。あの日のことは、明美と僕との一番の思い出として記憶の中に刻み込まれている。

今でも思う。どうして明美とあのまま一緒にいようとしなかったんだろう、と。あんなに愛していたし、明美も僕を愛してくれていたのに。

僕が別れを告げたとき、いったい明美はどんな気持ちでいたのだろう。そのことを思うと、胸が痛む。


明美は、僕のマンションに入り浸っていた。

僕の猛アタックに明美が根負けする形で付き合い始めたから、最初の頃は何をしていてもぎこちなくて、けっこう心配していた記憶がある。でも、だんだんと明美が僕との恋愛にのめりこむようになっていって、最後のほうはもはや彼女のほうが積極的なくらいだった。だって、ほとんどの時間を僕のマンションで過ごしてくれていたのだから。

料理も作ってくれるし、掃除もしてくれる。だから僕はせめてものお返しとして、たびたび明美に絵をプレゼントしていた。

何の取柄《とりえ》もない僕だけど、絵のセンスだけは自信があったし、明美もよく褒めてくれていた。何度か実行したサプライズは、明美が寝ている間に彼女の顔や腕に絵を描いてしまうという遊びだ。例えば、頰には林檎《りんご》、腕には向日葵《ひまわり》。翌朝、起きて洗面所に行った明美は、鏡を見て目を丸くした。「何これ」と素《す》っ頓狂《とんきょう》な声を上げる明美に向かって、「僕だけの印《しるし》」なんて言葉をかけるのは楽しかった。そんな冗談を言うと、明美は決まって怒った。たまには喜んだり照れたりしてくれてもいいのに、と僕は毎回苦笑していた。

サプライズと言えば、明美が僕に誕生日ケーキを焼いてくれたこともあった。僕が仕事に出かけている間に、僕の部屋の台所を使って一日がかりで作ってくれたのだ。帰宅後、明美がにっこり笑いながら冷蔵庫からイチゴのショートケーキを取り出したとき、僕は仕事の疲れも忘れて思わず彼女を抱きしめた。「喜んでもらえてよかった」と嬉《うれ》しそうに微笑《ほほえ》む彼女を前に、手作りのケーキをぱくついた。

作ってくれた明美には本当に申し訳ないのだけど、彼女はそんなにお菓子作りが上手《うま》くない。でも好意は無下《むげ》にできなくて、僕は小さなホールケーキを丸ごと食べた。そのあと気分が悪くなってトイレで半分くらい戻してしまったのは内緒だ。そんなことを知ったら、明美はショックを受けるだろうから。

それ以来、僕は彼女に甘えて何度もお菓子を焼いてもらった。殺風景な僕の部屋がオーブンから漂う香ばしい匂いで満たされているとき、僕はこの上なく幸せだった。相変わらず食べ過ぎて体調を崩すことはあったけど、明美には何も言わなかった。

僕の部屋は、明美との思い出でいっぱいだ。

ずっと、あのままだったらよかったのに。

＊

静岡県下田《しもだ》市の海岸に若い女性の変死体が打ち上げられていた事件で、静岡県警は三日、交際相手の男を逮捕した。

殺人と死体遺棄の疑いで逮捕されたのは、東京都新宿区《しんじゅく》に住む刺青師《いれずみし》・牛島琢磨《うしじまたくま》（32）容疑者。一緒に旅行に来ていた笹川《ささがわ》明美さん（25）を三日未明に海岸で刺殺し、海の中に遺棄した疑い。

事件後の三日午前六時頃、笹川さんの遺体が海岸に打ち上げられているのを地元住民が発見、通報した。県警はペンションの従業員の証言を元に、二日午後九時頃に笹川さんと連れ立って外出してから行方が分からなくなっていた牛島容疑者を逮捕した。逮捕時、牛島容疑者は、現場から約五キロ離れた海岸を凶器の包丁を持ったまま歩いていた。

笹川さんの遺体には、胸部から腹部、大腿《だいたい》部にかけて二十箇所以上もの刺し傷があった。首の後部にも浅い切り傷が確認された。県警によると、牛島容疑者は「断り続けていた別れ話をまた蒸し返された。頭に血が上り、ありったけの力で何度も何度も刺した」と供述。殺害後に遺体を海に運び込んだことまで含め、全面的に容疑を認めている。凶器を所持していたことについて「別れるくらいなら自分の手で殺したかった」とも供述していることから、県警は恋愛関係のもつれによる計画的な殺人として捜査を進めている。

＊

静岡県下田市の海岸で三日、若い女性の変死体が打ち上げられた事件で、警視庁は六日、新宿区在住で刺青師の牛島琢磨容疑者（32）＝殺人と死体遺棄の容疑で逮捕＝を監禁と傷害の容疑で再逮捕した。

捜査関係者によると、殺害された笹川明美さん（25）の遺体には頬や腕に刺青を施した痕があった。牛島容疑者が「薬を嗅がせ、寝ている間に針を入れた。わざと目立つところに彫った」などと供述したことから、笹川さんの同意を得ずに刺青を入れた可能性があるとして、警視庁が捜査を進めていた。

笹川さんが牛島容疑者の自宅マンションに監禁されていたことも明らかになった。隣の部屋の住人は、「男性の一人暮らしと聞いていたのに、毎日のように女性の泣き声が聞こえてくることがあった」と証言。玄関のドアには、外側にチェーンが取り付けられていた痕跡があった。笹川さんの友人が「一年ほど前に『恋人ができた』と報告されたのを最後に連絡が途絶えていた」と話していることから、恋愛関係が次第にエスカレートしたものと見られている。

警視庁によると、牛島容疑者の自宅マンションの冷蔵庫には、殺虫剤や漂白剤の成分を含む菓子類が保管されていた。監禁状態にあった笹川さんが、牛島容疑者を殺害しようとして作ったものとみられる。このことについて牛島容疑者は、「せっかく彼女が心をこめて作ってくれたものだから、毎回食べては吐き出していた」と供述している。

＊

星が、とても綺麗だ。

僕は寝転んで天井を見上げながら、自分の作品に見惚《みと》れていた。

丸三年かけて、狭い独房の天井に刻んだ星々。針もないし、色も入れられないけど、スプーンやフォークの柄《え》を使えば似たようなことはできた。

天井を少しずつ削る感覚は気持ち良かった。──眠っている明美の頬に、こっそり針を入れているときみたいで。

僕を愛してくれた明美の命をこの手で奪ってから、彼女の死体を腕に見上げた星空。あれほど美しい夜空を、僕はほかに見たことがない。

そしてその星を今日も、僕は眺める。

やっぱり──旅先の風景というのは、心に残るね。

腐りかけロマンティック　深沢仁

初出『５分で読める！　ひと駅ストーリー　食の話』（宝島社文庫）

「ねえ、腐りかけの、今日はなんかないの」

「だから八百屋の軒先《のきさき》でそういうこと言うなって……」

八百屋の若いのは呆《あき》れたように息を吐くと、緑色のエプロンから飴《あめ》玉を取り出して、五歳になる私の息子に差し出した。「ありがとー！」タクヤは大喜びで受け取る。若いのは唇の端を歪《ゆが》めて、爽やかとは正反対の笑みを見せる。

この八百屋は一家でやっていて、私はだれの名前も知らないので、おばさん、おじさん、若いの、と認識している。最近おじさんが倒れたとかで、このやる気なさげな若いのがよく店番をしている。若いの、と脳内で勝手に呼んでいるが、年齢はおそらく私とそんなに変わらないだろう。ぎりぎり二十代くらい。だけど、おじさんが倒れるまでフリーターをしていた馬鹿息子（おばさんがそう言ったのだ）は、いまいち社会的な雰囲気がない、という意味で、若く見える。一方、大学卒業と同時に結婚して子どもを産み離婚してシングルマザーになった私は、精神も外見も、若くない。

「そうだなあ。くたびれたナス。あ、あと売れ残ったトマト」

「両方もらう。それと、にんじんと玉ねぎね」

「にんじんと玉ねぎで三百円だろ……。じゃあ、全部で四百円」

破格《はかく》だ。私はがま口から百円玉を四枚取り出して支払った。若いのは野菜をビニール袋に詰めながら、「毎日恋人のために料理って、あんたもよくやるな」と、呆れと感嘆を半々くらいに混ぜてつぶやく。

「取り柄《え》だからね」

私はそう答えて、タクヤの手をひいて店を出た。


自慢じゃないがと断るまでもなく、私はブサイクだ。母がほかに男を作って出て行ったせいで幼い頃から父子家庭だったんだけど、父に「お前は俺の娘だ。ブスなのはしかたない」と言われて育った。目が細く、顔が四角く、鼻がでかく、唇が薄い父と、たしかに私はよく似た顔つきをしている。おまけに背が低く、華奢《きゃしゃ》じゃないくせに胸もない。これで希望を持てというほうが難しい。

ちなみに、父の言葉には続きがある。

「馨《かおる》。顔はどうしようもないから、料理をうまくなれ。そうすりゃあ結婚はできる。ブスには慣れるが、不味《まず》い飯には慣れない」

ということで、私は外見磨きは早々《そうそう》に諦め、小学生の頃から料理に励んだ。初めて彼氏ができたのは高校一年生のとき。朝練後で餓《う》えていたサッカー部の男子に弁当をあげたら感激された。毎日作るようになり、やがて付き合った。

おなじような手で二人付き合い、三人目で処女を失い、なんとそれで妊娠した。流れで結婚したが、旦那がほかに女を作って帰ってこなくなったので、離婚することになった。歴史は繰り返すのだ。

唯一の救いは、息子がわりと平均的な顔つきをしていることだろうか。私より元旦那のDNAを受け継いでいる。よく似てないと言われるから、親ばかではないはず。

「なすとまとと玉ねぎで、ぱすた！」

「そうそう」

「にんじんで、ぽたーじゅ！」

「合ってる合ってる」

私は玉ねぎを切りながらタクヤに返事する。五歳男児のくせに、息子は料理に関する知識ばかり身につけてしまった。私のせいだ。

現在付き合っている相手である吉井《よしい》さんの家のキッチンは広い。独身のくせにコンロは三口《みつくち》、調理スペースもたっぷり。金持ちめ。彼とは半年前に、婚活サイトを通して知り合った。母子家庭は経済的にキツいぞということで、私は再婚しようと思い立った。その手のサイトに登録して、「顔は悪いですが、料理には自信があります。一度、食べてみてください」という紹介文を添えた。

それで捕まえたのが吉井さんである。

ごく平均的な外見で、銀行勤め。性格は、実はいまだに不明だ。これまで肉体的接触はなし。キスはおろか、手すら繋《つな》いだことはない。相手が私だからなのか、いわゆる絶食系《ぜっしょく》というやつなのかもわからない。ただ、毎日のように会ってはいる。なぜなら私は食費として週に一万円もらい、ほぼ毎晩夕食を用意しているからだ。この半年間、一度もおなじメニューは作っていない。和食より洋食が好き、味つけは薄め、辛い料理が苦手で、トマトが好物。吉井さんの性格も性的嗜好《しこう》も知らないが、食の好みだけはしっかり把握している。その甲斐《かい》あって、彼は私の作るごはんを「美《お》味《い》しい」と言ってくれる。ごはんを残さず平らげる彼が、私は好きだ。

「おてつだいする？」

「ミキサーににんじんと牛乳入れたから、ガーッてして」

タクヤは目に入るすべてのボタンを押したい年頃なので、喜んで引き受けた。

私はフライパンにオリーブオイルをひく。ガーリックパウダーを振り、香りが出たら、玉ねぎを加える。唐辛子は入れない。ナス、ベーコンの順に足して炒《いた》め、全体がくたっとしたら、ぐじゅぐじゅのトマトを投入。木べらで潰して、さらに水とコンソメスープの素、ケチャップに黒こしょうで味を調える。ソースはこれで完成。あとは吉井さんが帰ってきたらパスタを茹《ゆ》でればいいだけだ。

食費は余れば私の懐《ふところ》に入るから、例の八百屋で安く仕入れてはいるものの、どんな食材だろうと、美味しく作っている自信はある。小学生の頃から、私はそうやって生きてきたのだ。

一足先にタクヤにポタージュを飲ませながら時間を確かめると、七時だった。息子を保育園にやり、派遣社員として働き、息子のお迎えに行って、恋人の家でごはんを作って帰りを待つ。ブサイクにしては上出来の生活を送っていると思う。このままっさと結婚したい、と思うのは、やはり贅沢《ぜいたく》だろうか。

——もちろん、そんなのは、私には贅沢だった。

吉井さんが帰ってきて、それが判明した。珍しく慌てた様子でやってきた彼は、ばたばたと部屋に入ってくると、ソファに座っていた私にいきなり土下座した。

「馨さん。すまないが、すべて、なかったことにしてほしい」

その尋常ではない緊迫ぶりに、私はわけがわからず唖然《あぜん》とし、隣でタクヤも首をかしげた。「え、なにが？　すべて、ってなに？」「君がこの部屋にいた痕跡を消して、出て行ってほしい」ブサイクとして数々の悲劇に見舞われてきた私も、これほどの要求は初めてである。痕跡を消せって。なんだ。完全犯罪か。

「吉井さん、落ち着いて、顔をあげて、あの、説明を」

「前に付き合っていた人が、小一時間ほどでここに来る」

「……はあ」

「僕は好きだったんだが、彼女が転勤になってね、振られたんだ。だけど急に連絡がきた。やり直したいらしい。彼女も料理が好きで、だから僕はこの家を選んだんだけど、とにかく、彼女がごはんを作りに来るんだ、でも、僕が料理しないことを彼女はよく知っているから、いまこの状況だと、困る。非常に困る。君がここに通っている証拠はキッチンにしかない。だから、なにもかもを、とにかく消さないと」

吉井さんはそう早口に言うと、片手にぶら下げていたコンビニ袋からゴミ袋を取り出した。「お金は払う、今月の分、あと三万円払うし、それは君が好きに使ってくれていいんだけど、僕らはもう……」彼はそう説明しながら、フライパンに手をかけた。

「だめ！」

私はそこでやっと我に返った。吉井さんがびくりとする。

「捨てるなんてもったいないでしょ！　ぜんぶ持って帰る。手ぇ出すんじゃない！」

ソファから飛び降りる。タクヤがついてくる。私と息子は手分けして、吉井家の食材をかき集めた。作り立ての料理はタッパーにしまった。私が買い足した調理器具も、香辛料も、なにもかも、紙袋に入れた。合計四袋を玄関に並べ、タクヤの手を握って振り返る。怯《おび》えたように突っ立っていた吉井さんが、「あ、さ、三万円……」スーツのポケットに手をかけたので、私は首を横に振った。

「私のごはん、美味しかった？」

そう訊《き》くと、吉井さんは細かく頷《うなず》いた。

「じゃ、許す。タクヤ、ばいばいして」

アンパンマンのリュックに玉ねぎを詰め込まれたタクヤは、よろよろしながらもお辞儀をした。私は大きく息を吸い、吉井さんの家を出た。

タクシーを拾わなければ千円節約、という言葉を呪文のように脳内で唱えながら商店街を歩いたけど、「ママ、もうむり」と途中でタクヤが半泣きになったので、休憩することにした。八時すぎ。人の気配のない公園のベンチに座って、膝にタクヤを乗せたら、なんだかちょっと泣きそうになった。ぎゅうっとタクヤを抱きしめる。

「タクヤ？」

聞き慣れた声がした。

顔をあげる。タクヤも振り返る。ジーンズにパーカーという格好で立っていたのは、八百屋の若いのだった。私たちの足元に並ぶ紙袋を見て、怪訝《けげん》そうに眉を寄せる。

「なにこれ。あんたら、夜逃げでもしてきたの？」

「振られた。付き合ってた痕跡消せって言われたから、ぜんぶ持ってきた」

「あんたって、地味な顔して、ドラマティックな人生送ってるよな」

若いのは同情するふうもなくそう言うと、犬のようにくんくんと匂いをたどり、パスタソースとポタージュが入ったタッパーを見つけ出した。

「これ、どうすんの？」

「持って帰って食べるわよ。美味しく作ったんだから」

「うちで食わせてよ。傷みかけたパイナップル、デザートに出すから」

「パイナップル！」

タクヤが感激した声を出して私の膝から飛び降りた。傷みかけたパイナップルは凍らせるとめちゃくちゃ美味しい、と考えながらも、「私、いま人間不信だから、そういう親切は信用できない」私は返す。若いのは唇の端を歪めた。

「親切じゃなくて、これはあれ、ナンパ。下心があるやつ」

「はあ？　からかわないでよ。私のごはん食べたことないくせに」

「飯抜きで男と付き合ったことないの？」

タクヤを肩車しながら若いのは言う。私は注意深く頷いた。若いのは笑いながら、タクヤのリュックと、紙袋の山を持って歩き出す。

「ちょっと！」

私は慌てて立ち上がった。若いのは首だけで振り返るとにやりとする。

「腐りかけの野菜を延々と調理する女なんて、八百屋の恋人として最高だろ」

他人が聞いたらどう思うかは知らないが、なんだかそれは最高にロマンティックな殺し文句のように、私には聞こえた。

猫の恋　天田式

初出『５分で読める！　ひと駅ストーリー　猫の物語』（宝島社文庫）

古来、犬は人につき、猫は家につく、という。

今から語るこの猫も、また諺《ことわざ》どおり、誰にもなつかなかった。

元治《げんじ》元年、英吉利《イギリス》領の香港《ホンコン》から、まだ腰の高い一匹の仔猫《こねこ》が、商用を済ませた英吉利人貿易商に連れられ、開港五年目の横浜《よこはま》へやって来た。港に面した外国人居留地に建つウイリアムズ商会の、石張り三階建ての洋館に入った。左の脚先が白く、あとは全身真っ黒な、雄の猫だった。

この猫は餌を人の手から食べず、商館一階の台所の、三和土《たたき》に置かれた自分の皿からだけ食べた。料理人のサム・ジョージが、余った飯に汁《スープ》を掛け、皿に入れていた。台所と裏庭を隔《へだ》てる木製の扉には、大工のポールが猫専用の出入り口を設《しつら》えていた。

猫には名前がなかった。商館主ウイリアムズが命名しなかった。自分になつかなかったからだ。それで商館の誰もが、猫とだけ呼んだ。

二年後の慶応《けいおう》元年の年末、そのウイリアムズら商館の英国人は、横浜での仕事を整理すると母国の都倫敦《ロンドン》へ帰っていった。その際、なつかぬ猫は商館に置いていった。

もうひとつ置いていったものがあった。ウイリアムズの妻、千絵《ちえ》である。

千絵は、もと羅紗綿《らしゃめん》、すなわち外国人向け遊郭の女郎《じょろう》、洋妾《ようしょう》である。客のウイリアムズに気に入られ、まだ十八の年に大金で身請けされて、ウイリアムズ商会へ入った。

ウイリアムズは一度も、千絵の名を呼ばなかった。他人の前では妻、嫁、と呼んだ。千絵と二人きりの部屋では、わたしの女の子とか、わたしの仔猫と呼んだ。千絵はそれが嬉《うれ》しかったのだ。愚かだった。

今の千絵は、わたしもこの黒猫と同じだ、と思う。名前を呼ばれない妻と猫が、主人に捨てられた。倫敦の暮らしは女の子と仔猫には向かない、とウイリアムズに告げられた。寂しいがこれでお別れだ、この商館も売りに出している、と。

じつはその時、千絵のお腹にはウイリアムズの子が宿っていたが、千絵は言い出せずにウイリアムズら英国人社員を見送った。

年が明けて慶応二年、春が近づくころ、千絵の腹の膨らみも大きく目立つようになった。商館の売却相手が決まったという倫敦からの手紙が、商館の離れの買弁室《ばいべんしつ》宛てに届いた。千絵も、番頭の五平《ごへい》も、馬丁《ばてい》や下女や用心棒ら、商館に残っていた日本人の誰もが、買弁の陳東光《チントウコウ》から知らされた。

買弁というのは、どこの商館にもいる清国人《しんこくじん》のことである。貿易商の西洋人と、取引する日本人商人との間に立って、通訳はもちろん、商品の品質を見定め価格の交渉をし、倉庫と人足を手配し、貿易の実務を取り仕切る職分のことである。

買弁は、西洋人の買い取り価格に自らの手数料を乗せることが許されていた上、独自でも貿易ができたので、仲介業者であり貿易商でもあった。西洋商館の建物の一画や庭の離れに、買弁占有の事務所と住居を構えていた。筆頭の買弁は西洋人の商館主と契約するが、弟子の買弁や、金銀鑑定士、倉庫番、料理人や雑用係など、買弁業務や生活に必要な配下の雇用は、筆頭買弁に一任されていた。そこで多くの買弁室は、頭《かしら》と同郷の同胞で構成され、内装も食事も服装も、すべて故郷の体裁で整えられていた。

ウイリアムズ商会の英国人たちが帰国しても、日本人社員とともに買弁たちは商館に残り、次に来る館主とも契約するのである。横浜での商いで大きな利益を出せるかどうかは、結局のところ経験豊富な、こうした清国人買弁の才覚次第であった。

折しも、猫の恋の季節だ。商館を囲む高い塀の外から、複数の恋猫《こいねこ》の唸《うな》り声が聞こえていた。商館住まいの黒猫も、塀に近寄っては低い声をあげて歌っていた。

昼前、その黒猫の恋の唸り声よりも遥かに大きな声が、商館の庭に轟《とどろ》いた。

買弁頭の陳東光が、清国の長衣に包んだ大柄な身体を二つに折り、背中に垂らした弁髪《べんぱつ》を激しく左右に振って、大声で泣き喚《わめ》いていた。

買弁室から配下の清国人たちが、ばらばらと飛び出して来て、どうした、何があったのか、と口々に尋ねた。

陳東光が庭の一隅を指差した。

蕾《つぼみ》を膨らませた梅の木の根元に、葦《ヨシ》で編まれた鳥籠が転がっていて、一部が壊れていた。陳東光が弁天町《べんてんちょう》で日本人の岡鳥屋《おかどりや》から買った、メジロの籠だ。目を囲む白い輪と鮮やかな緑色の姿が可愛《かわい》い上に、じつに美しい声でよく鳴くので、晴れた朝、陳はその籠を梅の枝に吊《つ》り下げるのが日課だった。客や他の商館の買弁仲間に、いつも自慢していたものである。そのメジロが、消えていた。

庭の隅から、低い唸り声が聞こえた。水仙の植え込みの奥で、黒猫がこちらを睨《にら》んでいる。その口にメジロが咥《くわ》えられていた。猫は興奮している様子だった。陳東光は清国語をまくしたてながら、猫に向かって走り出した。

猫は逃げた。

陳はしつこく追ったが、猫は小鳥を離さないまま庭を走り回った。

この大騒ぎを、商館三階の千絵の部屋の窓から、身重《みおも》の千絵と用心棒が見下ろしていた。

用心棒は、三十歳を過ぎた浪人上がりである。攘夷《じょうい》を叫ぶ日本のゴロつき侍《さむらい》らから、商館と千絵を守るために雇われていた。昨今はさすがに攘夷も流行《はや》らなくなったが、かわりに町衆《まちしゅう》らが、西洋人に身体を売る洋妾や西洋人の家に入った日本人の女相手に、侮蔑《ぶべつ》の言葉を吐き石を投げつけるようになっていた。

翌日の朝、台所で千絵と用心棒が朝食を摂《と》っていると、庭へ通じる扉を開けて陳東光が顔を出した。買弁室の朝食が余ったから、と猫の皿を預かっていった。

千絵と用心棒が立ち上がり、台所横のわずかに引き上げられた吊り小窓からおもてを見ると、陳東光は猫の皿を買弁室には持ち帰らず、扉のすぐ前に置き、その皿に何かを投げ込むと足早に去った。

扉を開けようとした千絵を、用心棒が制した。その猫の皿へ向かって庭の奥から、亜《ア》三《サン》と呼ばれている若い買弁見習いの青年が、あたりを見回しながら近づいて来るところだった。

しかも驚いたことに、その後ろから黒猫もついて来るのだ。猫は発情した声を低く上げ、身をくねらせて、亜三の足にすり寄っていた。だが亜三の方は猫を叱るような声を出し、猫を追い払おうとしている。広い袖口から大きな紙を取り出すと、皿の中の物を素早く紙に包んだ。その紙で皿を拭い、商館の塀の裏口から外へ出て行った。

そこで、用心棒は台所の扉を開けた。猫は飛び上がって去り、用心棒は亜三の後を追った。

その日からである。千絵も、商館の誰も、猫を見かけなくなったのである。

ほどなく、亜三が三味線《しゃみせん》屋に猫を売った、という噂《うわさ》がたった。

梅の花が盛りを終えるころ、千絵は商館で、金色の髪の男の子を生んだ。

別れたウイリアムズから相応以上の金子《きんす》を得ていたとしても、女手《おんなで》一つでの子育ては並大抵《なみたいてい》のことではなかろう、と用心棒は思う。まして、こういう外見の子は危険な目に会いやすい。用心棒は自分から申し出て、今後も千絵を守る契約の延長を得ていた。

次の香港からの定期船で、新しい英吉利人館主が到着する。その前に、千絵と息子と用心棒は商館を去る。大きな商館が並ぶ一画を南へ外れた旧横浜新田《しんでん》跡に、小さいが手頃な借家がどんどん建ち始めており、西洋人から独立した買弁の清国人たちが、自分たちの店と家を構えていた。千絵たちも、そこへ移る。

商館から、見送る人が出て来た。日本人番頭の五平は泣いていた。馬丁は奥さんの馬を預かっておきやすから、いつでも乗りに来てくだせえと言った。清国人の買弁たちと金銀鑑定士、料理人なども出て来た。陳東光も亜三もいた。

千絵は商館を振り返ると、ふと、猫は家につく、という諺と、あの名もない黒猫を思い出した。千絵は、三味線屋に売られたという噂でしたね、と隣の用心棒に言った。

ああ、その猫なら、あなたのお産を煩《わずら》わせないよう黙っておったが、と用心棒が答えた。三味線屋の噂は、拙者《せっしゃ》が流した騙《かた》りです。

まあ、嘘《うそ》ですか。

猫が消えたあの日、見習い買弁の亜三は、裏口からまっすぐ港に出て、紙包みを海へ放った。追いついた用心棒は、今何を捨てた、と亜三に尋ねた。答えは、百合《ゆり》の根だった。

前日にメジロを殺された陳東光は、復讐《ふくしゆう》に燃え、どうやって猫を殺そうかと午後中ずっと買弁室で話していた。そんな猫殺しを思い止《とど》めようとして、亜三は、あの猫は館主の猫だと言ってみたのだが、陳東光は、あの猫は主人に置いていかれた、捨てられたも同然の猫だ、と言い返した。名前さえ無いのだ、もともと野良猫と違わなかったのだ、と。それでも、と亜三は食い下がった。黒猫は商館に居着いていて外へ出たこともなく、見ているとどうも奥様が気にかけている様子なんです。すると陳東光はこう言った。奥方も同じだ、あの女もこれから野良猫となって生きるのさ。

その夕方、陳東光が買弁室で、日本人の百合商人から百合の根を購《あがな》ったことに、亜三は気づいた。

百合の根を猫が食せば死ぬというのは、清国ではよく知られた話だ。ただし清国では滅多に百合を見ない。日本は、百合を輸出するほど持っている。この横浜でも、夏になれば山手《やまて》や野毛《のげ》の山に自然と生え、白い大きな花をつける。

用心棒にこう話した亜三は、自分は猫を助けたかった、と言った。なぜか自分だけになついているから、と。

そこで港から商館に戻ると、用心棒は、猫を殺さないと気が済まない陳東光も気が晴れ、亜三の思いも遂げられるよう、猫は亜三によって三味線屋に売られて殺された、という噂をたてたのだ。亜三は黒猫を通りに放り出し、用心棒が三味線屋に代わって亜三に駄賃をやった。それは、恋の季節が終わっても黒猫が商館に戻って来ないよう、亜三に細工させる資金だった。亜三はその駄賃で小魚を買い、塀の外のどこかに置いた猫の皿に入れていたのだ。

そうでしたか。千絵は、腕に抱いた赤ん坊の頰を、そっと指でなぞった。

用心棒は黙っていたが、若い亜三はどうやら、この千絵に恋心を抱いているようだった。亜三は庭を横切る時など、たびたび千絵の部屋の窓を見上げた。用心棒と目が合ったことが何度もあったのだ。今も、西洋の布でくるんだ赤子を抱く千絵を、亜三は陳東光の後ろから、じっと見つめていた。そして、猫の話を聞き終えた千絵が亜三を振り返り、笑顔で会釈をすると、顔を赤らめて俯《うつむ》いたのである。

千絵は別れの挨拶を終え、用心棒と本町《ほんちょう》通りに出た。

道端で、生まれたての仔猫たちが四匹、飛び跳ねながらじゃれ合っていた。中に一匹、全身真っ黒の仔猫がいた。左脚の先だけ白い。あら、と千絵。

隣で用心棒が、命はしっかりと繫《つな》がっていく、と呟《つぶや》く。

千絵の腕の中で、金色の髪をした赤子が、すやすやと寝ていた。

私のカレーライス

佐藤青南

初出『10分間ミステリー』（宝島社文庫）

熱した鍋から、ぱちぱちとサラダ油の弾《はじ》ける音がする。まな板を傾けて角切り肉を流し込むと、じゅわっと白い煙が上がった。赤い断面がみるみる白く染まっていく。肉の焼ける香ばしい匂いのせいで、口の中に唾液が溢《あふ》れてきた。

「美味《おい》しそう、ねえ、このまま食べてもよさそうじゃない」

返事はない。独り言になってしまったことが不満で、私は頬を膨らませた。

「全部食べちゃうからね」せめてもの捨て台詞《ぜりふ》を吐いて、コンロに向き直る。

焼けた肉の表面が、しっかりと旨《うま》みを閉じ込めたようだ。今度は玉葱《たまねぎ》と人参《にんじん》を投入し、炒《いた》める。煮崩れしやすいじゃがいもは、最後のご登場。玉葱が透明になるまでじっくりと火を通してから、水を加えた。

カレーライス。カレーライスは健二《けんじ》の大好物だ。料理のリクエストを募ると、いつも決まってカレーライス。味覚がお子ちゃまよね。指摘するとあからさまにむっとするところが、さらに子供。そこがかわいいんだけど。

とにかく必然的に、カレーライスは私の得意料理になった。使うのは市販のルウだけど、料理本やネットで研究を重ねた私のカレーは一味違う。

沸騰した鍋から丹念に灰汁《あく》を取りながら、無意識に鼻歌を口ずさんでいた。イギリスのなんとかというバンドの曲だ。健二と付き合い始めてから、すっかり洋楽派になってしまった。もともとはJポップ一辺倒だったのに。すっかり健二色に染まってしまったのは悔しいけれど、変わっていく自分には驚きと、そしてなにより喜びを感じる。

健二と出会ったのは二年近く前のことだった。きっと結婚式では、きっかけは友人の紹介、ということになるのだろう。ようするに合コンだ。

最初、大学時代の友人から誘われた時点では乗り気じゃなかった。そもそも私は合コンというものが好きじゃない。女漁《あさ》りに目をぎらつかせた、ちゃらい男どもが集まる催しというイメージしかなかった。それでも参加したのは、親友の莉緒《りお》も行くことになったからだ。

出会いを求めていたわけじゃない、女友達との同窓会の感覚だった。などという弁明は、もはや説得力ゼロだろう。結局私は、合コンで出会った健二と恋に落ちたのだから。

ただ一つだけ言い訳をしておくと、私はその日のうちにほいほいと男について行ったわけではない。社会に出て五年。その間、恋愛ではけっこう痛い目にも遭った。とくに妻子ある男との二年はつらかった。もう失敗はしたくないし、年齢的にはそろそろ結婚を見据えた交際もしたい。出会ってから半年間、慎重に相手の人間性を見定めた末の決断だった。

炒めた肉と野菜をじっくり煮込むこと三十分。普通ならルウを入れるところだが、私のカレーはここからが違う。チョコレートを一かけと、スプーン一杯のウスターソースを入れて、さらに十分煮込む。この隠し味で、市販のルウにもぐっと深みが出る。

「そんなもの、入れても入れなくても味は変わらないよ」

いつも健二は言うけれど、胃袋は正直だ。隠し味を入れるようになってからお代わりの回数が増えたことに、私は気づいている。

「そんなこと言うの？　デリカシーの無い男だね」

次に浮かんだのは、腕組みをし、唇を曲げた莉緒の不満そうな顔だった。

たしかに健二はデリカシーの無いやつだよ、部屋は散らかすし脱いだものは脱ぎっぱなしだし、煙草《たばこ》はベランダか換気扇の下でって言ってるのに、部屋に行くといつも煙草臭いし。でもいいところも一杯あるんだよ。やさしいし、おもしろい冗談を言って笑わせてくれるし、音楽とか映画とか、私の知らないことをたくさん教えてくれるし……。

私は頭の中で反論する。そして頭の中でしか反論できない自分に、少しいらっとする。

最初から、莉緒は健二のことをよく思っていなかった。「合コンに来る男なんてろくなやつじゃないって」と、自分も合コンに行ったことを棚に上げて健二を批判した。当然付き合うことにも反対されたし、付き合い始めてからはことあるごとに「別れたほうがいいよ」と助言めいた口ぶりで言う。たしかに私よりも莉緒のほうが経験豊富だし、そのぶん男を見る目もあるのかもしれないけれど、頭ごなしに決めつけられるのはおもしろくない。そもそも健二のことは、私が一番よくわかっている。

莉緒に健二のなにがわかるっていうの——などと、はっきり口にできればいいのだけれど。残念ながら、私は思いを言葉にするのが苦手だ。いつもその場では、なんとなく言いくるめられてしまう。遅れてやってくる怒りに、ベッドで枕に顔を押しつけて悶絶《もんぜつ》するのがお決まりのパターンだった。

「そんなんだから変な男に引っかかっちゃうんだよ」

冷ややかな莉緒の分析には、反論の余地がない。妻子ある男に家庭を捨ててくれと要求できず、ただ都合よく性欲の捌《は》け口にされた過去がある。

だけど今回ばかりは、自分の選択に絶対の自信があった。この人しかいない。離れたくないし、離れてしまえば生きていけないとさえ思う。運命。こういう感覚、たぶん莉緒にはわからないんだろうな。だって男をとっかえひっかえだもん。

ま、いいんだけどね、誰にでも間違いはあるものだし。

私は思考に一方的な決着をつけて、まな板の上でルウを刻む。こうすることでルウが溶けやすくなるし、ダマにならない。

傾けたまな板を包丁で薙《な》ぎ、火を止めた鍋にルウを流し込んだ。これでとろみがつくまで煮込めば完成だ。キッチンを包むスパイシーな香りが、食欲を刺激する。

「もうすぐできるからね」

そう呟《つぶや》いたのは、胃がぎゅるると鳴ったのを誤魔化すためだった。健二には聞こえていないとわかっているのに、耳まで熱くなっている。私は手の平でぺちぺちと頰の火照《ほて》りをなだめながら、鍋をゆっくりと混ぜた。

頃合いを見ておたまを持ち上げ、傾ける。ぽとりと落ちたカレーが、鍋の液面に膨らみを作った。うん、いい感じ。完成。

皿にご飯をよそい、カレーをかけた。冷蔵庫のホルダーから冷水筒を取り出し、グラスにラッシーを注ぐ。牛乳とヨーグルトで作った自家製ラッシー。カレー専門店みたいだねと、これが健二には好評なのだ。

リビングのテーブルに、皿とグラスを並べた。いただきますと合掌をして、スプーンを握る。そのとき、フローリングに置いたハンドバッグの中で携帯電話が振動した。お預けを食らった私は不満に唇を歪《ゆが》めながらも、ハンドバッグを引き寄せた。

「あの……」電話は莉緒からだった。

「健二から、聞いた？」莉緒の声に混じる怯《おび》えの原因は、わかっている。

「うん、聞いたよ」私は頷《うなず》いた。

健二は私に、別れたいと言った。莉緒のことが好きになってしまったと言った。以前からアプローチされていたのだと。莉緒は健二のことが好きだった。だから私たちの仲を裂こうとしていた。健二の告白で、私はそれまでの莉緒の理不尽な非難の理由を知った。

「私からも……謝ろうと思って」加害者のくせに、涙声の莉緒はまるで被害者だ。こういうところが昔からずるい女だった。私はずっと、この女にいいように利用されてきた。

「ううん、いいの、もう」それでも私はかぶりを振る。無理しているわけではない。

今夜は枕に顔を押しつけて悶絶するのかもしれないが、少なくとも今、私は怒っていなかった。親友のふりをする女にまんまと騙《だま》された。恋人の心の揺れにも気づけなかった。だから私も悪かった。そうやって自分を責めちゃうところがよくないよと、かつての莉緒なら言ったかもしれない。でも仕方がない。これが私だ。私にはこうすることしか、できない。

「今、カレー食べてるの、健二の好きなカレーライス」

私は携帯電話を顔にあてたまま、カレーライスの皿の前に戻った。両膝を立てて座り、空いたほうの手でスプーンを握る。

戸惑う莉緒は、私の言葉をあてつけと解釈したのだろう。あてつけなんかじゃない。むしろ清々《すがすが》しい気分だった。ようやく自分の気持ちに素直になれた。そういう意味では、莉緒に感謝しなければならないのかもしれない。友達には、もう戻れないけれど。

「ひょっとして、まだ健二と一緒なの……？」

莉緒の声がかすかに震えているのは、縒《よ》りを戻したのかと不安になったせいだろう。

「うん、一緒だよ」私はカレーをスプーンですくった。

「健二は？　今どうしてるの？」親友を装っていた女の声が、本性を顕《あらわ》に鋭くなった。

「今、ここにいる、莉緒とは付き合えないって」

「嘘《うそ》！　そんなはずない！　健二を出してよ！」

負け犬の遠吠《とおぼ》えを無視して、スプーンをぱくりと咥《くわ》える。うん、美味しい、最高。今日のカレーは過去最高の出来かもしれない。

「誰にでも間違いはあるよね」

口の中に広がる幸福に、私はすべてを赦《ゆる》す気になっていた。健二は間違えた。私を裏切った。私を捨てて、莉緒を選ぼうとした。でも、もういいよ。赦す。だってこんなに美味しいカレーを食べてしまったら、怒ってなんていられないじゃない。

ただ一つ残念なのは、この幸福を健二と共有できないことだ。

健二にも食べさせたかったなあ――。

感傷に浸ったのは、ほんの一瞬だった。次の瞬間には、私は噴き出していた。なんて馬鹿なことを考えたのだろう。健二がこのカレーを味わうなど、ありえないのだ。

私は腹を抱えて笑い転げた。

「ちょっと、なに笑ってるのよ！」

莉緒が半狂乱で喚《わめ》く。必死さが滑稽《こっけい》で、よけいに笑いが止まらなくなった。笑っているのに不愉快な気分が広がって、私は携帯電話の通話を切ってベッドに放り投げた。震え続ける携帯電話を無視して、スプーンでカレーをすくう。

「赦してあげるから、ずっと一緒にいてね」

スプーン越しに健二の幻影に微笑《ほほえ》みかけた。カレーを口に含む。

「すごく美味しいよ、健二」

私は泣いていた。どうして涙が流れるのだろう。こんなに幸せなのに。こんなに満たされているのに。どうしてだろう。私は涙を拭いながら、カレーを口に運び続けた。

奥歯が肉を噛《か》み潰す。

口の中いっぱいに、健二の味が広がった。

きっかけ

喜多喜久

初出『5分で読める！　ひと駅ストーリー　本の物語』（宝島社文庫）

「――あのさあ」

話し掛けられ、私はさもいま気づいたというように、ゆっくり顔を上げた。さっきから、成宮くんは図書室の本棚の前を行ったり来たりしていた。貸し出し手続きかと思ったが、彼は何も持っていなかった。

仔馬《こうま》のたてがみを思わせる、柔らかそうな髪を掻《か》きながら、「綾瀬《あやせ》って、ずっと図書委員やってるよな」と成宮《なるみや》くんはぶっきらぼうに言った。

「う、うん」

私は上《うわ》ずりそうになる声を、何とか抑えながら頷《うなず》く。

「だよな。じゃあ、知ってるかもしれないな」

唇に指先を当て、彼は思案顔で呟《つぶや》く。

成宮くんが私に話し掛け、私がそれに答え、また彼が受け答えをする。――言葉のキャッチボール。もう二年も片思いをしているが、こうして彼と一対一で話すのは、これが初めてだった。

六月の放課後の図書室。グラウンドに面した窓から差し込む、梅雨《つゆ》の合間の陽光。私たち以外の生徒の姿はない。夢が現実になったようなこの時間は、「奇跡」と言い換えるべき僥倖《ぎょうこう》なのだろう。

私は高鳴る鼓動を感じながら、「知ってるって、何を？」と尋ねた。

「ここに置いてある本に――」成宮くんは振り向き、ずらりと並ぶ書棚を指差した。「変なカードが挟まってたことって、なかった？」

「カード……」私は首をかしげた。心当たりはまるでない。「どれくらいの？」

「これくらい」成宮くんが、両手の親指と人差し指で長方形を作ってみせる。「厚紙を切って作ったやつ。知らない？」

「……ごめんなさい。今、初めて聞いたと思う」

「姉ちゃんが何か言ってたとか、そういうのもなかった？」

「麻乃《あさの》さんが？　ううん、特には何も……」

麻乃さんは一つ上の先輩で、今年の春に高校を卒業していた。明るくて人懐《ひとなつ》っこい彼女も図書委員で、後輩たちの中でも、特に私を妹のように可愛《かわい》がってくれた。

「去年の夏休みの宿題で、読書感想文があったじゃん。俺、全然本とか読まないから、姉ちゃんに訊《き》いたんだ。『テキトーに感想文が書けそうな本、ない？』って。そうしたら、図書館にあった小説を渡されてさ。『面白いから、ちゃんと読め』って」

「そうだったんだ。……なんていう本？」

「えっと、『十角館の殺人』っていうやつ」

なるほど、と私は納得する。ミステリ小説好きの麻乃さんらしいチョイスだ。

「で、しぶしぶ読んでみたら、終わりの方に、さっき言ったカードが挟まっててさ。

意味不明な数字と、『この謎が解けるか。本をよく読めば分かる』なんてメッセージが書いてあるわけ。姉ちゃんに聞いたら知らないって言うし、まあ、無視してもよかったんだけど、なんとなく気になるじゃん、こういうの。だから、本を返すついでに、図書館の別の本を調べてみたんだ。そうしたら、そっくりなカードが挟まれてる本が、またあったんだよな」

そのあとも、似たようなことがあってさ、と成宮くんは言う。彼が探した限りでは、カードが挟まっていたのは一冊だけで、数週間経《た》ってその本を図書室に返しに行くと、また一冊だけ、カードが挟まれた本が見つかる。そんなことが、去年の夏から今年の三月まで続いたらしい。

「最近も時々図書館に寄ってたけど、全然見つからなくなってさ。で、綾瀬だったら見たことあるかな、と思って。知らないならいいや。仕事の邪魔してごめんな」

さばさばとした口調で言って、成宮くんは図書室を出ていこうとする。私は慌ててカウンターを飛び出し、「あの！」と彼を呼び止めた。

「成宮くんが読んだ本と、カードの数字を教えてもらえない？」

「いいけど。一応、メモってるし」成宮くんが自分の携帯電話を取り出す。「それを知ってどうするわけ？」

「……本に関することなら、もしかしたら、答えが分かるかもしれない」

私は無我夢中でそう言った。謎が解けるという確信があったわけではない。ただ、もっと成宮くんと話していたかっただけだ。

「綾瀬もこういうの、気になるタイプなんだ」

成宮くんはそう言って笑う。

「立ったままじゃ疲れるし」と、彼が近くのテーブルに座った。私は全身から溢《あふ》れ出してしまいそうな幸福を味わいながら、彼の向かいに腰を落ち着けた。

成宮くんは自分のノートを一枚破り、携帯電話のメモを見ながら、カードが挟まっていた本のタイトルと、カードの数値をすらすらと書いていく。

「――よし、できた。ほい、見てみて」

一冊目『十角館の殺人』(講談社文庫) 綾辻行人《あやつじゆきと》 1234(+メッセージ)
二冊目『占星術殺人事件』(講談社文庫) 島田荘司《しまだそうじ》 10
三冊目『七回死んだ男』(講談社文庫) 西澤保彦《にしざわやすひこ》 9
四冊目『ハサミ男』(講談社文庫) 殊能将之《しゅのうまさゆき》 8
五冊目『すべてがFになる』(講談社文庫) 森博嗣《もりひろし》 13
六冊目『空飛ぶ馬』(創元推理文庫) 北村薫《きたむらかおる》 11
七冊目『アヒルと鴨のコインロッカー』(創元推理文庫) 伊坂幸太郎《いさかこうたろう》 12
八冊目『星降り山荘の殺人』(講談社文庫) 倉知淳《くらちじゅん》 6

九冊目『容疑者xの献身』（文春文庫）東野圭吾《ひがしのけいご》　5
十冊目『イニシエーション・ラブ』（文春文庫）乾《いぬい》くるみ　7
ノートを眺めていると、懐かしさが込み上げてくる。この十冊は、すべて私も読んだことがある。いずれも、麻乃さんに薦められたミステリー小説だった。

「タイトルとか作家の名前を組み合わせたり、頭文字を並べたり、いろいろ考えたけど、ダメだった。で、綾瀬探偵のご意見はどうよ？」

私は、「うん……」と意味なく頷いた。順番は入れ替わっているが、カードに書かれた数字は連続している。法則性があるのかどうかは不明だ。

ただ、四月以降、カード入りの本が見当たらなくなったことから考えると、このイタズラの犯人は麻乃さんなのだろうという気はした。ミステリ通の彼女のことだ。そんなに単純な問題を出してくるとは思えない。

〈本をよく読めば分かる〉。唯一にして最大のヒントを活用するしかない。

「……現物、見てみようか」

私は席を立ち、文庫本コーナーへと向かった。後ろから、「現場検証だ」と言って、成宮くんが付いてくる。背中を見られていると思うと、無性に緊張した。

どぎまぎしながら、書棚の前に立つ。ミステリー小説は棚の一番上に並んでいる。『十角館の殺人』を取ろうとした時、「あ、俺がやるよ」と、成宮くんが横から右手を伸ばした。その近さに、私は思わず、あっ、と小さく叫んで腕を縮めた。

私の左肩が本を掴《つか》んだ彼の腕にぶつかり、はずみで文庫本が床に落ちてしまった。

自意識過剰。恥ずかしさで顔が熱くなる。私は「……ごめんなさい」と消え入りそうな声で呟いて、床の本を拾おうとその場にしゃがみ込んだ。

その時だった。本の裏表紙を目にした瞬間に、私はまるでお話の中の名探偵のように、クイズの答えを思いついていた。

「……もしかしたら」

私は成宮くんに手伝ってもらって、彼がリストアップした十冊の本、すべてを本棚から抜き出した。裏返しにテーブルに並べ、順に見ていく。すぐに、期待が確信に変わる。やっぱりそうだ、と私は呟いた。

「なになに？　答えが分かったの？」

「うん。……謎を解くカギは、これなんだよ」私は本の裏表紙に載っているバーコードを指差した。「ここに、十三桁の数字があるよね。ＩＳＢＮコードっていうんだけど、一冊の本に一つずつ付与される、識別番号みたいなものなの」

「ふむふむ。あるね。それで？」

私は本の裏表紙を見ながら、成宮くんのメモにＩＳＢＮコードを書き加えていく。

「書き出すとこうなるよね。あとは、それぞれのコードから、カードで示されてる桁の数字を取り出せばいいんだと思う。例えば、数字が6なら六桁目」
ＩＳＢＮコードに着目せよというヒントは、一冊目の『十角館の殺人』に表れてい
る。最初の四桁はグループ記号と呼ばれ、日本で流通するほぼすべての本で共通して
いる。１２３４と書いたのは、そのことに気づかせるためだったのだろう。
「なーんだ。本の順番は関係なかったんだ。で、出てきた数字をどうするの？」
「たぶん、だけど、答えの十三桁の数字は、別の本のＩＳＢＮコードになってるんだ
と思う。今、検索してみる」
私はカウンターの中に戻ると、ノートパソコンで本の通販サイトに接続し、十三桁
の数字を打ち込んだ。
数秒後、ヒットした本が画面に表示される。
『葉桜の季節に君を想うということ』
吐息が漏れた。書名を目にすると同時に、私は麻乃さんが何のためにこんなイタズ
ラを仕込んだのか理解した。
君を想う——君に、恋をする。
私は、ずっと成宮くんに近づけずにいた。私には読書しか趣味がないのに、彼は読
書習慣のない人だった。だから、麻乃さんは、成宮くんに本を読ませようとした。共
通の話題を作り出すために。彼が私に声を掛けるきっかけを作るために。ミステリー

小説を選んだのは、途中で読むのを止《や》めるのが難しいからだろう。

私は窓の外のグラウンドに目を向けた。青々とした葉が茂った桜の木が、フェンス際に並んでいる。麻乃さんはこんなシチュエーションを予測して、あの本を暗号の答えに選んだのだろうか。私の恋心をあっさり見抜いた彼女なら、それくらいのことはやっても不思議ではない気がした。

――今年の桜は散ったけど、まだ間に合うでしょ？

麻乃さんの声が聞こえてくる。不思議と、さっきまでの緊張は消えていた。

「成宮くんは――」私は彼の目を見ながら言った。「あの十冊、全部読んだ？」

「うん、一応ね」

「……私も読んでるの、全部。一番好きだったのはどれ？」

「そうだなあ。やっぱり、俺は――」

本の話題なんて、ドラマチックとは言えない、些細《ささい》なきっかけかもしれない。でも、何かが始まるには充分すぎると思う。

時間なら、まだいくらでもある。

だって、「葉桜の季節」がいつなのかを決めるのは、私たち自身なのだから。

仲直り　梶永正史

初出『5分で読める！　ひと駅ストーリー　猫の物語』（宝島社文庫）

【ジョニー】

草むらを掻《か》き分けて進むと、良く手入れされた芝生に出た。直前に水が撒《ま》かれていたようで、傾いた太陽の光でオレンジ色に反射している。黒猫のジョニーは濡《ぬ》らせた前足をぺろりと舐《な》めると、柵の隙間を抜けた。

アスファルトから覗《のぞ》く雑草に鼻先を当てながら路地をしばらく歩いていると、前方に紀州犬の姿が見えた。綱を引く華奢《きゃしゃ》な女性が身体を反《そ》らせながら抑え、首輪は喉に食い込んでいる。苦しいはずなのに、猫を捉《とら》えなければという本能に逆らうことなく、潰れた唸《うな》り声を吐き散らしながら猛烈な勢いでこちらに向かってきた。

ジョニーは身を低く屈《かが》めて相手を見極めると、側面の塀に向かって助走をつけた。

次の瞬間、視界は二メートルほど高いところにあり、下からこちらに向かって吠《ほ》えまくる白犬の姿を捉えていた。

安全な位置関係を確保したジョニーはその場に腰を下ろすと、首輪が千切れんばかりに引っぱられていく姿が見えなくなるまで見送った。それから塀伝いに角を曲がり、みかんの枝が前方を塞いだところでしなやかに飛び降りた。

＞差出人：ノブ
＞件名：この前はごめん

ユウちゃん、この前はごめん。二人でよく行ったあの喫茶店なら冷静に話せるかと思ったけど、うまく気持ちを伝えられない自分に焦ってしまって、つい感情的になってしまいました。でも、それはユウちゃんにわかってほしかったからなんです。本当に愛しているのはユウちゃんなのです。

一時の迷いというか、魔が差したといえばいいのか。確かに僕は、ユウちゃんを裏切るようなことをしてしまいました。それは言い訳のできないことで、すべては僕の責任です。

でも、どうしても伝えておきたかった。本当に僕が必要としているのは、ユウちゃんです。心から謝りたい。可能であれば、またやりなおしたいと思っています。それは不可能なことだと分かっているけど、今しか言えないから。

一度だけでいい。ちゃんと、話したいんだ。君の幸せを心から願い、自分も新たな一歩を歩めるように、話がしたい。十分でいいから。返事、待っています。

【ジョニー】

夕暮れの商店街を足早に横切った時、それは、路地の陰から不意に襲ってきた。相手は薄汚れた三毛猫で首輪は付けていない。身体はジョニーより大きく、目線は上にあった。それでもジョニーは立ち向かった。低い唸り声と、叫びとも悲鳴ともつかない牽制《けんせい》の鳴き声。抑揚はダイナミックに変化し混ざり合った。跳躍し、猛スピードで駆け、爪を繰り出した。視界はぶれ、天地は動転する。
やがて、その相手は怒らせた声を出しつつも、耳を倒し、身体を伏せながら後退《あとずさ》りをはじめた。優位性を失わないよう、ジョニーは一定の距離を保って追う。敵は牽制を繰り返しながら、やがて背走した。勝った!

＞＞差出人　ユウコ
＞＞件名　Re：この前はごめん
ノブくん、メールありがとう。そしてごめんなさい。
私も冷静になれず、泣いてあなたを責めることしかできませんでした。
ノブくんが違う女の人といるのがどうしても我慢できませんでした。いっそのこと嘘《うそ》をつきとおしてくれたらどんなに楽だったかとも思いました。でもあなたは正直な人だから、それもできなかったのですよね。
あのときは別れるって言ったけど、テレビで旅行番組とかを見ると、つい一緒に行っているところを想像してしまうし、メールの着信音がなるたびにあなたではないかと飛びついてしまいます。いつもそばにいるのが普通だったから。
自分のなかで、やめておいた方がいいという気持ちと、やはりあなたに会いたいという気持ちが交互に現れて、落ち着かない日々でした。

やはり、私にはあなたの存在が必要なのです。メールをもらって、改めてそう感じました。あなたと、話がしたい。

今日の夜九時、駅前の喫茶店に来てもらえますか？　また、やり直しましょう。

【ジョニー】

辺りがすっかり暗くなった頃、ジョニーは住処《すみか》であるマンションの一階のバルコニーに飛び上がった。今日はひと鳴きするまでもなく、ガラス戸に身体ひとつ分の隙間があったので、そのまま部屋に入った。

飼い主であるユウコがベッドで横になっているのを見つけて寄り添うと、なーご、とひと鳴きして餌をねだる。すると奥の部屋からひとりの男が出てきた。薄暗い室内でスタンドライトの光を後ろから浴びており、その顔は見えない。

男は手袋をしたまま携帯電話を操作していたが、やがて満足気に口角を上げた。そのときはじめてジョニーがいることに気付いたようで、小さくたじろいでから、その携帯電話を投げてきた。ジョニーはそれを避《よ》けると、羽毛布団に柔らかい窪《くぼ》みをつくった携帯電話に鼻を近付け、それから男を見上げた。

ジョニーの瞳に、顔がはっきりと映った。

【ノブ】

スタンドライトが室内を暖かいオレンジ色で照らしていた。ベッドで横たわるユウコの特徴的だった大きな瞳も、まだ死んで間もないからか艶やかに光っている。まぶたを閉じてやるなんてことはしない。俺の気持ちを無視した報いだ、と睨《にら》む。

スマホ対応とはいえ、手袋をしたままでメールを作成するのは骨が折れた。送信ボタンを押すと、紙飛行機が飛んでいくアニメーションが表示され、ほどなくしてポケットの中で携帯電話が震えた。たったいま送信したメールが自分に届いたのだ。差出人はユウコと表示されているが、作成したのは自分だ。本来であればユウコが出さなければならなかったメールを代わりに書いてやったのだ。

ふと視線を感じた。ユウコではなく、猫だった。いつからそこにいたのか、一匹の黒い猫がユウコに寄り添っていて、そのことに少なからず驚いてしまった自分に訳もなく腹をたてた。悔し紛れに投げつけた携帯電話を最小限の動きで避けてみせると、匂いを嗅いでみせ、またじっと俺を見る。そして、なーご、とひと鳴きした。

首輪も、そこにぶら下がる大きめのアクセサリーまでもが黒っぽい。両足をしゃんと伸ばし、油断のならない目で見上げている。これがユウコの飼い猫であることは分かったが、まるで彼女を迎えにきた死神のようにも思えた。

気味が悪い。脅かして追い払うと、ユウコを見下ろした。

いずれ警察は俺のことを調べるだろうが、考えはある。

ユウコは猫のために、外出先からでもスマホで管理できるエアコンを設置していたが、そのアプリは俺のスマホからでも使える。まさにおあつらえ向きだよ、ユウコ。

これを利用して室温を上げ、お前の体温の低下を遅らせることで死亡推定時刻を狂わせる。その間に俺は喫茶店に行き、呼び出されたものの待ちぼうけをする男を演じれば、店員は証言してくれるはずだ。

「ええ、よく来られる方でしたよ。数ヶ月前に彼女とここでケンカをしてそれっきりでしたけど、久しぶりにいらしたんです。彼女とやり直すんだって、うれしそうに言っていました。それで何時間もお待ちになっていたのですが、まさか、その間に亡くなっていたなんて」

……っていう感じでな！


【ジョニー】

男が出て行って、ドアが静かに閉められた。ジョニーはしばらくその場にとどまってから、ユウコに寄り添うと、なーご、と鳴いた。何度も鳴いた。

なーご、なーご、なーご。

すると、ノックと共に男の声がドア越しに聞こえてきた。すいませーん、管理人ですー。あのー、猫の声がうるさいって苦情が入ってるんですけどー。

それに応えるように、また鳴く。なーご、なーご。

男の反応はしばらくすると無くなったが、今度はベランダ側から「あっ！」と声がした。振り返ったジョニーは、少し開いたサッシの隙間を通して、半ば腰を抜かした管理人と目があった。

【ノブ】

喫茶店で待ちぼうけを演じていたら刑事がやってきた。そして、ユウコが死んだことを告げた。

事情を聞かれるとしたらもっと後だろうと思っていたが、まぁ問題ない。肝心なのは、ここでわざとらしく喋《しゃべ》りすぎてはいけないということだ。過剰な演技で自滅する犯人の姿はドラマで何度も見た。混乱して何も言えないくらいでいい。

シミュレーション通りに、制御の効いた演技をした。上手《うま》くいく。そう思った。

すると刑事の一人が言った――私も猫を飼っているんです。

それが……どうした？

戸惑っていると、ちょっと見て欲しいものがあると言われ、二人の刑事は断ることなく左右に座った。パソコンのモニターを向け、映像を再生させたが、その鋭い視線は俺から離さない。

　俺は逃げるようにモニターを覗き込んだが、その動画を見て衝撃を受けた。そこには地面、塀、立ちはだかる野良猫、そして……殺されたばかりのユウコを見下ろす自分自身の姿もしっかり映っていた。沸き起こった様々な感情が混ざり合い、混乱した。なんなんだ、これは。

　刑事が、私も持ってましてね、とキーホルダーのような小さな物体をテーブルに置いた。見たことがあった。猫が首から下げていたものだ。それが、この映像を撮影したペット用カメラだという。ネットで数千円から売られており、特に愛猫家からは、外出中の行動を猫目線で見られると人気になっているらしい。

　一匹の猫によって計画が崩れ去った事実に頭を支えることができず、俺は突っ伏した。そこにパソコンから、なーご、と声がして、かろうじて目線を上げた。


【ジョニー】

　管理人は慌てた様子でその場を去った。束の間《つかま》のしじまを得たジョニーは、いつものようにユウコの胸に頭を乗せた。消え行く体温を逃さないように、そして安心感をもたらしてくれていた鼓動を求めるように身体を丸めると、なーご、と泣いた。

恋愛白帯女子のクリスマス　篠原昌裕

初出『5分で読める！　ひと駅ストーリー　冬の記憶　西口編』（宝島社文庫）

ついに完成した。いや、完成させてしまった……。

あーどうしよう。なんだかんだ惰性で、最後までやり切ってしまった。

わたしは作り上げた「それ」を、手に取って眺める。わりとよく出来ていると思うんだけど……。いやいや、問題は出来の良し悪しではない。モノの重さなのだ。それも質量的な軽重ではないから厄介なのだ。

わたしは、編み立てほやほやのマフラーを机に置くと、ベッドの上に寝転がった。

携帯電話の時計表示を見る。「十二月二十三日　午後四時四十四分」。

待ち合わせまで、あと二十五時間はある。大丈夫だ、保険も用意してある。もうしばらく悩んでみようじゃないか。

「真由《まゆ》ってさ、手編みのマフラーとか編んじゃいそうだよね」

大学の学食でお昼ご飯を食べているとき、美晴《みはる》に言われた。一週間前のことだ。

「……マズイの？」

わたしはしばらくの沈黙ののち、問い返した。おそらく声は震えていたと思う。

「え、ガチでマジなの？」

「ねえ、ガチでマズイの？」

わたしは、泣きそうになった。

恋愛に段級があるのなら、わたしは入門したての白帯。美晴は、百戦錬磨の黒帯だ。彼女のご高説は、そこらへんの恋愛指南書よりも圧倒的な説得力を持っていて、わたしたち恋愛白帯女子たちは日夜、美晴師範から教えを乞うているのだ。

「別に手編みのマフラーが悪いってわけじゃないんだよ。ただね、ほら、あんたたちって付き合って何年めだっけ」

「……年単位で訊《き》かれると、小数になっちゃうんだけど……」

わたしと信介《しんすけ》は、付き合ってまだ二ヶ月と十三日。接吻《せっぷん》も、薄いやつをチラッと交わした程度で、いまだに手をつなぐのもドキドキしてしまう。

「そんな付き合いで、『手編み』ってのは、どうかなーと思うわけよ。別に一生付き合っていくとも限らないんだしさぁ」

「わ、わたしはぁ！」

思わず大声を出してしまった。周囲から向けられた視線に、すみません、すみません、と頭を下げつつ、美晴に小声で抗弁する。

「わたしは、信介と一生付き合いたいと思ってるよ」

「まあ、はじめての彼氏だもんねぇ。そういう幻想を持つのは無理もないけど……」

美晴は微笑《ほほえ》みを浮かべ、「一応、参考意見として言っとくね」と口を開く。

「手編みのマフラーって、手が込んでいる分、心がこもってる、って感じがするかもしれないけどさ、それがかえって、男にとっちゃ足枷《あしかせ》……というか首輪？　になっちゃうことがあるんだなぁ」

　首輪、と言われて、手編みのマフラーが急に重く思えてきた。

「もちろん、その彼氏がよっぽどの駄メンタリストでない限り、喜んでくれるとは思うよ、表面的には。たださぁ、男なんて所詮ビビりだからね。クリスマスが終わったあとに、そのマフラー見て、『うわ～どうしよう、重っ』とか思っちゃうもんなのよ」

　それは悲しい。せっかく心をこめて編んだものを、処理に困った廃棄物みたいに思われるのは、悲しすぎる。

「真由の、彼氏を想う気持ちは純粋で素敵だと思うんだけどさ……そこはだからこそ、小出しにしていったほうがいいんじゃないかな。手作り系のプレゼントをもらったのがきっかけで別れを考え出したって男ってのもいなくはないんだから。あ、これ若干、私の体験談入ってるから」

　美晴は自嘲気味に笑った。

「ねえ、真由。真由ったら！」

　その声で目が覚めた。ママがベッドに腰掛け、私の肩を揺すっていた。

　どうやら悩んでいるうちに、眠ってしまい、回想夢を見ていたらしい。

「真由ちゃーん、なんか御飯作ってー。お腹すいちゃったのよ」

わたしがベッドから出るのと入れ替わりに、ママはわたしのベッドに寝転がった。

「スーツ、皺《しわ》になっちゃうよ」

「だって、疲れちゃったのよぉ。ホント、手のかかる受講生がいると大変だわぁ」

ママはカルチャースクールで講師をしている。最近は帰りが遅いことも多く、晩御飯はもっぱらわたしが作るようになっていた。

「はいはい、ご苦労様。じゃあ、テキトーにパスタかなんか作るね」

わたしは自分の部屋を後にする。

結局なんの結論も出せないまま、十二月二十四日を迎えることになってしまった。


あと五分以内に家を出なくちゃいけない。しかし……。

わたしは二つのプレゼントのラッピングを前に、いまだ決断できずにいた。

一つは、恋愛師範の美晴から『重い』と断罪された手編みのマフラー。

もう一つは、美晴の忠告を受けて保険用に買った既製品のプレゼント。

「真由ー！　あんた、そろそろ出る時間じゃないのー？」

階下のママが心配の声を上げてきた。

ええい、もう！

わたしは意を決して、ラッピングの一つを手に取り、部屋を出る。

待ち合わせ場所の駅前ターミナルに着いたのは、わたしのほうが早かった。

不意に携帯電話の着信が鳴る。信介かと思ったらママからだった。

『今からちょっと、名古屋に行ってくるわ』

「はいぃ？」

『今日、クリスマスイブでしょ。なんか急にパパに会いたくなっちゃって』

パパは現在、名古屋に単身赴任中だ。最近のママは、カルチャースクールの仕事で、受講生の無理難題にストレスが溜まっていたみたいだし、パパに慰めてもらいたくなったのかもしれない。それにしても唐突すぎやしないだろうか。

『そんなわけで家には誰もいないから。好きなように使いなさい。あ、でも後始末はちゃんとするように』

なんの後始末よ？　そう返そうとしたときには、電話は切れていた。

「ごめん、遅くなった」

信介だった。走って来たらしく、白い息の塊を吐き出している。

二十分の遅刻だが、とりあえず寒さで赤くなった彼の頬をつねるだけで許す。

それからわたしたちは、クリスマスデートというものをはじめて体験した。

予約しておいたレストランで、学食の十倍は値が張るコース料理を食べ、雑誌に載っていた巨大クリスマスツリーの行列に並んだ。

そして、一時間以上待ってやっと乗れた観覧車。ネオン瞬く夜の街と、月の輝く夜空を同時に見渡せる十五分間の、二人だけの空間。わたしはこの中で、信介にプレゼントを渡そうと決めていた。手編みのマフラーを編み始めたときから。

「開けていい？」

プレゼントを受け取った信介が訊いてきた。わたしは頷《うなず》く。

ラッピングを丁寧に取り去った信介は、プレゼントを見て微笑んだ。

「ありがとう。早速今日から使わせてもらうよ」

信介がそう言ってくれたとき、わたしは、自分の選択が間違っていなかったと思った。信介が両手に持っているのは、革製の財布だ。

「じゃあ、今度は僕の番だね」

信介はカバンの中から取り出した、水色のビニール袋を渡してくれた。大きさや重さ、柔らかさから察するに、セーターか、あるいは縫いぐるみの類に思われた。

わたしが開封の許可を求めると、信介は「あと一時間くらい待って」と言った。理由を訊いても、「そのときまでのお楽しみ」としか答えてくれない。

ゴンドラが降車場に到着する寸前、わたしは勇気を出して言ってみる。

「今晩ね、ママが名古屋行っちゃって……家に……誰もいないんだ」

うん、と信介が答える。向かう先は、自然とわたしの家になった。

「あのさ……さっきのプレゼント、開けてみてくれないかな」

リビングのソファに座って紅茶を啜《すす》り出したとき、不意に信介が言った。

なんでこのタイミング？　と思いながら、信介からもらった水色のビニール袋を開封する。中身を取り出したわたしは、一瞬フリーズしてしまった。

出てきたのは、わたしが手編みのマフラーを入れたはずのラッピングだった。

「……なんで？」

「やっぱり、一番はじめは、真由の手で、首に巻いてもらいたくってさ」

信介は照れ臭そうに笑った。

「ちょっと待って！」

わたしは、信介をリビングに置き去りにすると、自分の部屋へと駆け上がった。おかしい。わたしは家を出る直前、たしかに財布の入ったプレゼントを手に取り、マフラーの入ったラッピングを机の上に置いてきたのだ。

わたしは自分の部屋に入って電気を点《つ》けるなり、ギョッとした。

数時間前までマフラーが置いてあったはずの机の上に、鏡があったのだ。いや、鏡は言いすぎだ。そこにあったのは、わたしの肖像を描いた油彩画だった。

「それが本当の……僕からのクリスマスプレゼントだよ」

振り向くと、ドアの前に信介が立っていた。

わたしは必死に頭を回転させる。

ママの仕業だ。わたしの部屋に入り浸っているママが、マフラーを編んでいた娘の所業を知らないわけがない。ママは、わたしが出かけたあと、信介を家に呼んでマフラーを持たせた。だから信介は遅刻した。さらにママは、「名古屋に行く」と言って、家を空けることにより、この状況を作り上げたのだ。

ママはカルチャースクールで講師をやっている。教えているのは油彩画だ。

「もしかして、ママが言ってた手のかかる受講生って……」

「たぶん、僕のことだよ。習い始めに肖像画なんて無謀だって言われたもん」

信介は清々《すがすが》しく苦笑した。

それにしても何、この状況。プレゼントに彼女の肖像画を描いて贈るバカを見たら、手編みのマフラーを贈るかどうかで悩んでいた自分が大バカに思えてきた。

重い！　重すぎるわよ！　肖像画なんて、手編みのマフラーなんか比べものにならないくらい重いって！　いったいどうすりゃいいのよ。わたしはどうリアクション取ればいいわけ？　ホント、もう……

嬉《うれ》しすぎてたまんないじゃない！

十二支のネコ　上甲宣之

初出『５分で読める！　ひと駅ストーリー　猫の物語』（宝島社文庫）

大型台風が上陸したにもかかわらず、店の中は平穏だった。閉店間際のネコカフェに客の姿はすでになく、さまざまな種類のネコたちが箱の中に入って丸くなったり、積んだ雑誌の上にちょこんと座って寝息を立てたりしている。ネコたちの表情は、嵐などどこ吹く風といったところだ。そんな中、店員である鮫島《さめじま》みのりの足をわざと踏むように一匹のネコが通り過ぎた。ロールケーキのような、胴の長い体型に短い足をしたマンチカンだ。垂れ耳のスコティッシュフォールドが跳躍し、マンチカンに体当たりをする。その拍子に引っかかったネコじゃらしがぴくりと動くと、二匹は同時に反応し、糸の先にくくり付けられているネズミの玩具に飛びついた。

「ほんと二人は仲良しねぇ」そう語りかけつつ、みのりはネコじゃらしを奪い取った。「ネコはネズミを追いかける……。ネズミにだまされたせいで、十二支の動物の中に入れなかったことを、今でも怒っているのかしらね」

あの有名な逸話を思い出す度《たび》、脳裏をよぎることがあった。学生時代。かつてみのりにはすごく親しい友人がいた。

「十二支のネコはだまされた、か」

みのりの隙を突いて、マンチカンがねこじゃらしを捕らえた。先端についたネズミの玩具を奪い取ると、階段状に並べられた戸棚を越え、キャットタワーに飛び移る。

みのりはため息をつき、立ち上がった。ふと窓の外に目をやると、突風で街路樹が激しく揺れ、叩《たた》きつけるような激しい雨が降り続いている。切り立った断崖を抜けた先にできた、海に近い新興住宅地の放つ街明かりが霧のようにかすんでいた。視線を移すと、窓ガラスに反射する少しやつれた自分の顔が映っている。

その時、ヘッドライトを点灯した車が近づき、ネコカフェがあるビルの前で急ブレーキをかけた。慌てた様子で店に姿を見せたのは、二十代後半の女性であった。

「み、みのり？　なんでここに」みのりの顔を見た途端、女性は驚きの声を発した。

「……眉美《まゆみ》」

不意の来客の足元に、仲良しコンビのネコたちがまとわりつく。現れた女性はかつての親友、浜谷《はまたに》眉美であった。整った顔立ちで、長い髪を高い位置で結い上げている。そのことが彼女の印象を若く活発に見せていた。

「久しぶり。もう閉店の時間よ。その様子じゃネコが目的で来たんじゃなさそうね」

みのりの声で、はっと我に返ったようにまばたきを繰り返し、眉美は切り出した。

「実は……。旦那が行方不明なの。陽市《よういち》が」

「いなくなったって、いつから」

眉美は靴を脱ぐとスリッパも履かずに上がり込み、堰《せき》を切ったように話し始めた。

「三日前よ。職場にも勝手に休職届けを出していて、まったく連絡がつかないの。メールしても返事がないし、スマホにかけても電源が入っていなくて」

「警察に捜索願は？」

「まともに取りあってもらえなかったわ。休職届けを出しているなら、事件性はないんじゃないかって。でも心配なの。何か事件に巻き込まれたんじゃないかと、心当たりのある場所を捜しまわっているのよ。彼の持ち物を調べてたら、ここを利用したレシートがあって、来たってわけ」

浜谷陽市は、みのりの初恋相手であり、そんなみのりと陽市の間を取り持ってくれたのが眉美だった。出会ってすぐ意気投合したみのりと陽市だったが、奥手だったみのりのため、デートの際は眉美が常に加わり、当時は三人で会うことが当たり前になっていた。みのりは眉美のことも陽市のことも大好きだった。しかしそんな関係が終わりを迎えたのは、突然に決まった陽市の海外留学が原因だった。みのりは何も聞かされていなかった。眉美に出発の日を教えてもらって空港まで見送りに行ったのだが、陽市を乗せた飛行機はすでに発《た》った後だった。その時になってみのりは、この恋が自分の一方的な片思いに過ぎなかったことを痛感した。

「みのりの魅力に気付かないなんて、あいつはどうかしてる。アメリカへでもどこでも行っちまえばいいんだ。あたしが男なら、みのりを抱きしめて離しゃしないよ」

心配して空港に駆けつけてくれた眉美は、泣きながらみのりを励ましてくれたものだ。眉美の言葉がなければ、いつまでも失恋を引きずっていただろう。今の夫と出会って、こうした穏やかな暮らしを手に入れることもなかったかもしれない。

眉美とは、大学卒業後は顔を合わす機会も減り、疎遠になっていた。彼女が陽市と結婚し、この町にある新興住宅地で暮らし始めたと噂《うわさ》で聞いたのは、それから数年後のことだった。

「ねぇ、陽市はどこ？」

「ここ最近、お店には来ていないわ」

「ウソ。みのりがここにいるなんて、偶然とは思えない。あんた今でも陽市の——」

眉美が最後まで言い終わる前に、みのりはかぶりを振って、左手の薬指に輝く指輪を見せた。眉美が喉を詰まらせ、言葉を飲み込む。少し冷静さを取り戻すと唇を噛《か》み、

「ごめん、つい」と伏し目がちになって、そうつぶやいた。

「……彼がいなくなってしまった原因に心当たりは？」

「あのね、あの」眉美は表情を陰らせ、たどたどしい口調で返答した。

「実は、ずっと……。あんたに、話さなきゃいけなかったことが……あったのよ」

「いきなり何よ？　あらたまって」

「空港での最後の見送りの時……あたし」口ごもりながら、切り出す。

「だました……の、あんたを」

「え？」

「彼が出発する日を……わざと、一日遅く……伝えてしまったのよ。ごめんなさい。三人で一緒にいるうちに、あたしも陽市のことが、すごく気になり出して。ああでもしなければ、あんたたちはきっと……。だから、みのりをだましてしまったの。彼には『あの子は陽市には興味がない。お別れにも来ないんだから、二人きりで会おうとしなかった理由もはっきりしたはず。もうあきらめた方がいい』って……出発当日に」

店内は静まり返っていた。先ほどまで遊び回っていたスコティッシュフォールドは舌を出したまま熟睡している。眉美は気まずそうに雨足の強まる窓辺へと移動した。

「今までずっと、あんたや陽市をだましてきた罪悪感に苦しめられてきた。二か月前うっかり彼の前で、空港でのことを、口を滑らせてしまって……。それから……関係がぎくしゃくし始めたの。たぶんそのせいで陽市は失踪したのよ……。ああどうしよう。このまま陽市がいなくなってしまうなんて耐えられない」

「…………」

「今さら謝って済むことじゃないって分かってる。どれだけ身勝手な話なんだと、自分でも思うわ。けど、それでも……私には陽市が必要なの。みのりなら」

突然、鳴き声が上がった。スーパーのビニール袋の中に潜《もぐ》り込んだマンチカンが、持ち手に引っかかって激しくもがいている。

「ここから、やり直したいのよ。ねぇ……。みのりは彼のいるところを知っているんじゃない？　何か聞かされてるんじゃないの？　どうかお願いだから教えて……」

みのりはスマホを取り出して、ビニール袋と格闘するネコに向かってシャッターを切りながら、こう答えた。

「ネズミは、確かにネコをだました……。だけど私、ずっと思っていたの。ネコは最初から十二支に入ることになんて、興味なかったはずだって」

画面を操作しながら言葉を補足する。

「だからわざわざ、だます必要なんてなかったのよ。このマンチカンのように、ネコは自由気ままなもの。私だってそうよ。眉美が小芝居打たなくたって、遠距離恋愛なんて続けられやしなかった。何年も何年も悩んで……お馬鹿さんね」

「み、みのり……」

その時、眉美に電話がかかってきた。相手は、なんと陽市だった。

〈もしもし眉美か？　やっぱり……俺にはおまえが必要だ。俺たちには共に積み重ねた月日がある。それは何物にも代えがたい大事なものだって、離れてみて気付いたんだ。今、帰宅したところだが、こんな台風の中どこにいる？　早く帰ってこいよ〉

電話を切った眉美は、その場に崩れ落ち、泣き崩れた。

「やだもう。一人で大騒ぎして……バカみたい」

「さては旦那様からのラブコールね」

「からかわないでよ、みのりったら。でもまぁそんなとこ。帰んなきゃ」

「待って。そんなひどい顔で、戻るつもり？　彼を心配させちゃうわよ」

眉美の充血した目を見て、みのりは引き出しから取り出した目薬を貸した。

「閉店前だったから、空気清浄器を消していたの。猫の毛アレルギーだったよね」

「覚えてくれてたんだ……ありがとう。それから本当にごめんね」

「もういいわよ」みのりは左手の薬指を眺めながら、応じた。

「こっちも実は今、いろいろあって……ね。離婚するかもしれない。だから、眉美たちのことは応援したいの。私の分までどうか頑張って！」

「みのりも大変だったんだね。今度はあたしが話を聞くわ。きっと力になるから」

眉美は目薬をしっかり両目に差すと、元気を取り戻して店の外へと消えた。ますます強まる暴風雨の中、急いで車に乗り込み、陽市が待っている新興住宅地に向かって走り始める。みのりはネコと一緒に窓から手を振って、車が走り去るのを見送った。

そうしておもむろに先ほどネコを撮影したスマホを取り出し、電話をかける。

〈あぁ、俺だ〉答えたのは、陽市だった。

〈みのりからの画像メール、来たよ。読んですぐ眉美に電話をかけた〉

〈うん。いいタイミングだったわ〉

〈ずっと眉美にだまされていたんだ。俺だって、あいつへの気持ちが冷めても仕方な

いだろ。でもそのおかげで、みのりちゃんに再会できたんだから〉

陽市は興奮気味にまくしたてた。

そう。みのりは眉美にだまされたことを知っていた。二か月前、みのりを探してこのネコカフェを突き止めた陽市に、真相を聞かされていたのだ。

「ネズミがだまさなくても、ネコは十二支なんて、はなから興味なかったのよ」

遠のいていく車を目で追いながら、みのりは通話を終え、言葉を続けた。

「ネコが本気になれば、ネズミなんてその場で仕留められるもの」

言い捨てて、眉美に貸した目薬をゴミ箱に捨てる。それは眼科での検査に用いられる瞳孔《どうこう》を開く散瞳薬《さんどうやく》だった。これを差すと、やがて対光反射が消失して瞳孔が散大する。そのためまぶしくなり、ピント合わせをする筋肉も麻痺《まひ》して視界がぼやけるのだ。

「私の離婚に必要な〝慰謝料〟の問題も、これで解決できるかもしれないわ」

海沿いの公道は大きく蛇行している。カーブを曲がり切ったところで突如現れる街灯は、散瞳薬を差した目には強烈な閃光《せんこう》になるはずだ。

「死亡保険金――。ネズミの命の金額なんて、たかがしれているけどね」

眉美の運転する車が崖の向こう側に消えると、みのりは舌なめずりするネコのように目を細め、わざとスイッチを切っておいた空気清浄器を撫《な》でながら媚笑《わら》った。

夏の終わりに

里田和登

初出『５分で読める！　ひと駅ストーリー　降車編』（宝島社文庫）

窓を開けると、明け方特有の澄んだ空気が流れ込んできた。目覚めて五分後にはもう、大学を休むことに決めていた。何となく、朝方の海沿いを歩きたいと思った。汗がにじみ出す頃には、列車も走り出すことだろう。

心地よい疲れとともに、無人のシートの中央に腰掛ける。扇風機の風を受け、中吊《なかづ》り広告がかすかに揺れていた。独り占めの車内。大きく呼吸をし、背もたれに体をあずけていく。しばらくして連結部の扉が開き、足音が近づいてきた。それが女性、それも若い女の子だと分かったのは、くびれの無い貧弱な腰が目の前で沈んだからだ。なぜ有り余る席の中で、俺の真正面を選んだのだろう。向かい合ったまま一分が経過した。一定のリズムで繰り返される、古びた列車特有の摩擦音。

「おはようございます」

突然、女の子が言った。驚いて目線を上げる。ぎこちない笑顔が張り付いていた。

「突然話しかけてごめんなさい」

「いえ」

「お疲れみたいですね」

「堤防沿いを十キロほど歩きました。ほら、ちょうど後ろの」

女の子は首を曲げ、背中越しに広がる紺青の塊を見つめた。

「どこまで行かれるのですか」

「俺ですか。次の駅で降りますよ」

「え。なぜです」

「自宅の最寄り駅だからです」

「そう、ですか」

「何か、問題でも」

「あの、私は終点まで行くのですが」

「はい」

「なんでもありません……」

女の子は、おもむろに腕をさすりはじめた。人は彼女の動きをこう表現することだろう。そわそわしている、と。なんだか奇妙な子だ。俺は会話を打ち切るべく、黄ばんだ路線図に視線を移した。あまり目を合わせないのも不自然なので、しばらくしてから再び真正面を向く。女の子はまっすぐ、俺を見ていた。

「……」

目の前の唇が震え、二度、空回りした。三回目でようやく声らしきものになる。

「唐突ですが、私は今から突拍子もないことを言います。最後まで気味悪がらず、聞いていただけたら嬉《うれ》しいのですが」

俺は「程度にもよります」という警告の意味を込め、あいまいに頷《うなず》いた。

「よかった。実は私、地球人ではないのです」

許容範囲を瞬《また》く間に越えてきた。

「引かないで、どうか引かないでください」

女の子は間髪《かんはつ》を容《い》れずにまくし立てた。気持ちの良い朝なのに、おかしな人に捕まってしまったものだ。とはいえ、このマンマークの状況では逃げ場が無い。まあ、どうせ次の駅までの辛抱だ。少しくらいなら、話に付き合ってもいいかもしれない。

「引いてないですよ。唐突な話なので、百パーセント信じることも出来ないですが」

「どうか信じてください」

「ちなみに、どちらからいらしたのですか」

「地球の方がまだ認識していない、はるか遠くにある棒渦巻銀河《ぼううずまきぎんが》からです」

「それはまた。長い旅路だったでしょう」

「厳密にいうと違うのですが、瞬間移動のような方法なので、それほどでも」

「それは、どういうものなのですか」

「それは、ですね」

絵に描いたようなしどろもどろに、思わず苦笑してしまう。おそらくは、なりきる上での細かい設定を詰めていないのだろう。

「説明が出来ないわけではないんです。宇宙の認識度が五パーセントに満たない地球の方に、簡潔に説明をするには時間が少なすぎます。ですから、今はどうか」

女の子は切羽詰まった表情でそう言って、頭を下げた。

「というのも、あと三十分もすれば、私は半ば強引に故郷に連れ戻されてしまいます。本当は十日前に自主的に帰還すべきだったのですが、決心がつかず、ずるずると今日まで引き延ばしてしまいましたから」

女の子は左右の手をまっすぐ膝に落とし、うつむいた。三十分後といえば、この列車がちょうど終点に辿《たど》り着く頃だ。

「帰りたくないのですか」

「帰りたくありません。地球にやってきて三年間。本当に、本当に楽しかった。まだまだ読みたい本がたくさんあります。またまだ行ってみたい所がたくさんあります」

「例えばどこに行きたかったのですか」

「那須塩原《なすしおばら》とか……」

目を伏せたまま、女の子はぽつりと言った。

車掌の作り込んだアナウンスが聞こえてくる。到着までまもなくだ。このおかしな状況からも、まもなく解放されることだろう。

女の子は慌てているらしく、

「私はこれから、更に突拍子もないことを言います。それがあなたにとって突拍子もないということを、自分でも理解しているつもりです。お時間があれば、もう少しスマートに説得出来たかもしれません。ですが、もう」

早口でそうまくし立てると、視線を左手のチープな腕時計に移した。

「私は今から時の流れを止めるつもりです。私の星の誰しもにある、人生で一度だけ使える権利です。その間、宇宙の中で動けるのは私だけ。肉体や脳が老いることもありません。私はこれを使い、気の済むまで地球の文化を堪能しようと思っています」

この腕時計が、時間を止める機械という設定らしい。不安げな表情でこちらを見る女の子。大きく息を吸った。

「駄目元で言います。ご一緒に時の流れから外れてみませんか」

ご一緒に踊りませんかの態《てい》で、クレイジーなことを言われても。女の子は立ち上がり、ゆっくりと近づいてくる。少し怖かった。

「迷いが生じたのは昨晩です。なるべく長期間、時の流れを止めていたい。でも一人きりだと寂しくて、いつか頭がおかしくなってしまう。馬鹿ですよね。そのことに、直前になって気付いてしまったんです。団体での停止を、故郷が推奨していたわけもようやく分かりました。でも、全てがあとの祭でした。私はこの三年間、地球のことを知りたくて、ネット閲覧と読書ばかり。もともとの人見知りが災いし、まともな会話はほんのわずかです。一番お話をしたのは、コーポの大家さん。最近は家賃が口座払いになり、彼女とのお話の機会も減りました。ああ、なんでだろう。言いたいことがまとまらない。何が言いたいか、分かっていただけますでしょうか。要するに、私には心を通わせる地球の方がいないのです」

女の子は鼻をすすった。すすり続けた。

「一人は悲しい。出来れば、地球の方と一緒がいい。そう思ったら、いてもたってもいられなくなり、私は深夜、コーポを飛び出しました。しかし時間が時間でしたので、人気《ひとけ》が全くありません。目に付いたのはコンビニ前に屯《たむろ》する若者たち。私にはハードルが高すぎました。さりげなく道を尋ねるところから始めてみようとか、いろいろ考えているうちに、空が白《しら》んできました。このままでは一人ぼっちが確定だ。私は焦りました。少しでも人が多い場所をと思い、いちかばちかで駅に飛び込みました。そして、今こうしてあなたに出会ったんです。もちろん、信じてもらえないのは分かっています。ちなみにコーポに戻れば、小動物と話が出来る機械や、一瞬で塩麴《しおこうじ》を熟成させる機械、姿を半透明にする機械や、過去を撮影する機械、記憶を自由に改編する機械など、様々な道具があります。それらをお見せすれば、信じてもらえる確率が増したでしょう。慌てていたせいで、私はそんなことすら思いつきませんでした」

迫真の演技だった。演技性パーソナリティ障害という言葉が脳裏をかすめる。同時に少し不憫《ふびん》になった。強引に乗り付けられた気もするが、乗りかかった船である。彼女の狂言に最後くらい優しく付き合ってやろうと思った。

「俺なんかでいいんですか」

女の子は目を丸くして、俺を見た。

「あなたがいいのです。一人ぼっちでたそがれるあなたに、私は自分を重ねました」

「心地よい疲れに、まどろんでいただけなのですが」

「あなたがいいのです」

「圧《あっ》がすごいな。まあいいですよ。そんなことが本当に出来るとは思えないですが」

「出来ます、出来ます。気が変わらないうちに、この時計に手を重ねてください」

女の子は嬉しそうに、左手を差し出した。

「何年くらい止めましょう。私としては、長ければ長いほどよいのですが」

「最大で、どのくらい止められるのですか」

「理論的には、いくらでも。百億年だって可能です」

リアリティのない数字が出てきたものだ。

「お任せします。お好きなだけ結構ですよ」

「本当ですか。常軌を逸《いっ》してもいいのですか」

「どうぞ常軌を逸してください」

「一度設定したら解除出来ませんよ。動けるのは私とあなただけ。二人きりですが」

俺はぶっきらぼうに言い放った。

「ロマンチックですねえ。長い間一緒にいたら、何かが芽生えるかもしれませんね」

「別れがとても辛《つら》くなるかもしれません……」

女の子は恥ずかしそうに、はにかんだ。

「確かに。でもその前に、何度か衝突はあるでしょうね」

「価値観の相違ってやつですね」

「そもそも、初めはお互い、探り探りになるはずです」

「一番楽しい時期です」

「押したり引いたりの駆け引きもあるでしょう」

「そして徐々に打ち解けて」

「もろもろあって、やがてやってくる倦怠期《けんたいき》」

「辛いです」

「捨て台詞《ぜりふ》は、二度と顔も見たくない」

「でも、結局寂しくなりますよね」

「ええ。そして百年後、約束の場所で運命の再会」

「那須塩原がいいです！」

俺は苦笑し、腕時計に手を添えた。

「では行きますね」

女の子が何かを呟《つぶや》いた。


「あの、何も起こりませんが」

日差しが目に入り、女の子が二つにぶれたように感じた。でも、それだけ。何も起こらない。甲高《かんだか》いブレーキ音とともに、列車の速度が少しずつ落ちていく。

「機械の故障ですかね」

女の子は何も言わず、うつむいている。演じるのに飽きてしまったのだろうか。

「ちなみに、俺の記憶は消さなくて大丈夫ですか。俺はしがない地球人。あなたの存在を触れ回るかもしれませんよ」

女の子は顔を上げ、か細い声で言った。

「それは危険な行動です。私の故郷にも過激な人たちがいます。彼らは秘密の拡散を避けるため、あなたのことを粛正《しゅくせい》しようとするでしょうね」

「おお怖い。もう一度あなたに会いたいと大騒ぎしたら大変なことになりますね」

「それだけはありません」

「分からないですよ」

「分かります。だって、今この時点のあなたは、私のことを信じていませんから」

なるほど。俺たちは実際、永遠のような長い時を一緒に過ごした。そして俺は、その時の思い出を綺麗《きれい》さっぱり消されてしまった。女の子はそういうことにしたいらしい。そういえばコーポにそんな機械があるという話もしていたような。

俺の苦笑とともに、降車扉が開いた。車輛《しゃりょう》の中がさざ波の音で満たされていく。

「じゃあ、そろそろ行くよ」

もう十分だろう。自分なりに、できる限りの優しさは見せたつもりだ。

「あの。最後に一つだけいいでしょうか」

「なんだい」

俺は振り向いて、呼びかけに応じた。不思議だった。懐かしい感覚と共にとても優しい表情を、女の子に対し向けていた。彼女は一瞬面食らった後、

「何でもありません。いつまでも、いつまでもお元気で」

目を潤ませながら、笑顔を作った。

気怠《けだる》げに列車が動き出す。窓に両手をつき、悲しげに俺を見つめる女の子が、少しずつ遠ざかっていく。何事もなければ、やがて終点のさびれた岬に辿り着くことだろう。喉や鼻に、不思議と痛みを感じる。まるで、嗚咽《おえつ》の後の余韻のようだ。きっと今日はいつもより潮の香りが濃いのだろう。

しろくまは愛の味　奈良美那

初出『５分で読める！　ひと駅ストーリー　夏の記憶　西口編』（宝島社文庫）

家長誠一《いえながせいいち》には大事な家族がいる。妻の優子《ゆうこ》と愛犬のシロクマだ。

誠一と優子は五年前、どちらも三十歳のときに近所の公園で知り合った。誠一は紀州犬のシロを、優子は白柴のシロを散歩させていた。まずは、犬同士が仲良くなり、誠一と優子も急接近。二人は結婚し、紀州犬と白柴の間にはミックス犬が生まれた。それが、シロクマである。スイーツ好きの優子がそう名付けた。

紀州犬のシロと白柴のシロは、それぞれの実家に残してきた。今は、夫婦の愛の証《あかし》しとも言えるシロクマを、実の子のように可愛《かわい》がっている。

シロクマは誠一と優子のベッドで川の字になって眠り、人間のようにいびきをかく。シロクマの鼻面《はなづら》をくすぐる優子の眼差しに、深い慈《いつく》しみが浮かんでいる。母子が睦《むつ》み合っている図のようでほほえましい。

夫婦の絆《きずな》をつなぐシロクマが、誠一は愛《いと》しかった。

だが、シロクマが夫婦の営み中に割り込んできたり、嫉妬して吠《ほ》えたりするときは、さすがに疎《うと》ましくなる。

結婚して五年も経《た》つのに子宝に恵まれないのは、シロクマに邪魔されているせいかと被害妄想にかられる瞬間もある。

もちろん、それによりシロクマへの愛が冷めることはないのだが。

優子も不妊に悩んでいるようだ。専門医院に通い出して二年経つ。最近、また妊娠に失敗したことが判明したらしく、言葉少なになって落ち込んでいる。毎朝の納豆はもちろんのこと、夜は山芋のすりおろし、レバニラ炒《いた》め、いわし、牡蠣《かき》など、不妊に効くとされる食品がひんぱんに出てくる。先月は子宝祈願で有名な寺へ参ってきたらしい。

だが優子は、誠一にプレッシャーがかかると思うのか、悩みを口にすることはない。不妊に効くメニューが多いのは誠一自身が治療法について検索していて気づいたことだし、子宝祈願についてもゴミ出しに行ったとき、袋の中に寺のパンフレットと領収証を見つけて気づいたことである。

今夜のメニューはウナギの柳川丼《やながわどん》だ。

「夏はウナギをたっぷり食べたいけど、このところ値段が上がっているものね。柳川丼なら少しの量でもおいしく食べられるでしょ。ほら、今日は特においしく味つけ出来たから、いっぱい食べてね」

優子は屈託がない。自分の丼からもわけてくれ、誠一の口もとについたご飯粒をとってくれる。

「デザートはほら、しろくま。昔は夏と言えば小豆氷《あずきごおり》だったけど、しろくまのほうが絶対おいしいよね！」

真っ白な練乳にちょこんと乗った小豆が、シロクマの目鼻のように見える。しろくまは優子の愛そのままに甘く、誠一の舌でとろけた。

もうひとさじ口に入れようとしたとき、しろくまのカップとスプーンが、シロクマの鼻面に弾《はじ》き飛ばされていた。シロクマは床に落ちたしろくまをペロペロ舐《な》めている。

「アハハ。共食いー」

優子は冗談を言って笑っている。誠一には落ち込んだ顔を見せないよう、気をつかっている。けなげな妻だ。

誠一は優子を強く抱き締めて、キスしようとしたが、そこへまたシロクマが割り込んできて、誠一と優子の顔をめちゃくちゃに舐める。

「いやぁん、勘弁してよおー。こらっ、甘えっこちゃんはお仕置きだぞぉ！」

優子がシロクマをかまい出したので、せっかくのいいムードも流れてしまった。

誠一はふいにシロクマを蹴飛ばしたいような強い衝動にかられた。

こんなにもシロクマに八つ当たりしたくなったのは、いたたまれない気分のせいかもしれない。優子に内緒で受けた不妊検査の結果を今日聞いたからだ。

以前、優子のかかりつけ医院で聞いた結果では、誠一の精子に問題はなかった。だが、不安を感じた誠一は別の医院で再検査を受けたのだった。すると、精子数が少なめとの結果が出た。医師の話では、ストレスも原因なので、このところ残業続きだったことも影響しているのでは、とのことだ。

優子のため、まだ見ぬ我が子のため、誠一は必死で働いている。だのに、それが理由で精子が減っているとは、何という皮肉か。情けなさと申し訳なさで泣きたくなった。

医師が言うには、とにかく体を温めることだという。ウナギ、いわし、レバーなどは漢方でも陽性、つまり体温を上げる性質があるとされており、不妊にいいらしい。誠一は笑顔で医師の話を聞いたが、内心焦りを覚えた。そういう食べ物はすでに毎日食べている。それでもまだ足りないというのか。

その夜、誠一はインターネットで、不妊に効く食べ物がほかにないか、検索した。膝にシロクマが飛び乗ってきた。三角の耳をピンと立て、笑っているみたいに口角を上げて、ハッハッと息を吐いている。その満ち足りたような表情を見ていたら、また憎たらしさが湧いた。シロクマが居座っているから、誠一と優子の子どもがなかなか授からないのでは。そんな妄想が湧いたのだ。

いかん、俺の考えは間違っている。シロクマに罪はないのに。邪悪な気分を蹴散らしていたとき、画面上に並ぶ不妊夫婦向け食べ物リストの中にこれまで食べたことのない物を発見した。

翌日曜日の夕方。誠一は何げなく提案した。

「なあ、優子。近所に新しい韓国料理屋が出来ただろ。韓国から来たおばちゃんが仲間と切り盛りしてるんだけど、繁盛してるよ。今夜行ってみようよ」

「実は、わたしも今度その店に誘おうと思ってたの」

優子の目がひときわ大きくなって輝いた。韓流好きだから、情報が早いのだろう。

シロクマも優子に飛びついて、尾をふっている。

「お留守番は寂しいでしょ。暑いから、サロンでトリミングしてもらってこようね」

優子がシロクマにリードをつけた。

「先にシロクマをペット・サロンに預けてくるわ。ちょっと待っててね」

誠一は、シロクマに引っ張られるように歩き去る優子の姿を、マンションのベランダからながめた。夕陽《ゆうひ》に照らされて、二つの影が地面に長々と伸びている。

行きつけのペット・サロンは徒歩十分ほどの場所にあるが、混んでいたのか、優子が帰って来たのは三十分ほどしてからだ。

「さあ、行きましょう」

西日の強さがこたえたらしく、優子はいつになく汗ばみ、顔色が青ざめてすらいた。

「大丈夫か?　疲れているなら少し休んでからにするか」

「ううん、スタミナのつく食べ物を食べたら平気よ」

優子はいつものように、けなげにほほ笑んだ。

韓国料理屋は、もともと日本人がやっていた居酒屋のあとに出来ていた。壁紙を張り替えただけの簡単なリフォームで済まされており、小汚い庶民的な構えだが、日本人客だけではなく、韓国人客でもにぎわっている。

注文をとりに来たおばさんに、誠一が〝あの〟メニューを告げようとしたときだった。

「ヨンヤンタンを二人前」

先に声を上げたのは、優子だった。まさに誠一が頼もうとしていた同じメニューを口にした。誠一は意外だったので、優子の顔をまじまじと見た。

これが夫婦というものなのか。以心伝心の正確さが怖いほどだ。

「ヨンヤンタンは、漢字で栄養湯って書くの。韓国の夏のスタミナ料理なんだって。体が温まって、汗がたっぷり出て涼しくなるから、元気になれるみたいよ」

不妊にも効くんだってな。特に男が食べればいいらしいな。その言葉は、誠一の喉の奥に引っかかったきりだ。

韓国料理屋に不妊に効くという〝あれ〟があるかどうか、誠一は今朝タバコを買いに出たついでに確かめていた。だが、今朝のおかみの返事は、こんな具合にはっきりしないものだった。

「栄養湯はうちのメニューにはないのよ。日本じゃ材料が手に入りにくいから。ただ、ってがないこともなくてね。……夜にもう一度来てみてちょうだい」

その材料が運よく手に入ったのだろう。

だが、誠一より先に優子が注文したということは、優子も同じ頼みをおかみにしていたことになるのだが……。

手が込む料理なのか、待ちくたびれるほど待たされたあとで、グツグツと湯気の立つ鍋が運ばれてきた。

鍋に入った肉はプルプルと弾力があり、少し生臭かった。だが、爽やかな香草と唐辛子のスープで、濃厚なうまみも引き出されている。食べ始めてすぐに体温が急上昇するのがわかった。盛んに汗が噴き出てくる。まるで、優子を抱いているときのように。

ふと気づくと、優子のスプーンが動いていない。

「どうした？」

「あのね」

優子の声は涙で震えていた。

「じつは、何日か前、シロクマを散歩させてたら、ここのおばちゃんが可愛い犬だね、親戚の子にプレゼントしたいって言ったの。それで、悩んだけど、養子にやることにしたの！　ペット・サロンに連れて行くって言ったのは嘘《うそ》。相談しないでごめんね。……妊娠に失敗するたびに、シロクマがいるからまあいいやって、自分を甘やかしてしまっていたの。だから、子どもを授かりたいって、真剣に思えなくなっていた。わたしたちの子どものために覚悟して決めたことよ。許してね」

誠一は肉が入った口を開けたまま、絶句した。

シロクマは確かに可愛い。しかし、普通、親しくもない人間に、そんなぶしつけな頼みなんかするだろうか？

誠一は涙に濡《ぬ》れた妻の目を見て、数秒間考えたあとに、ほほ笑んだ。

「さあ、食べよう」

シロクマをどこかに預けてきた妻と、栄養湯の材料を調達したおかみ。その二つがつながったとき、誠一は考えることをやめた。

肉は甘く、誠一の舌でとろけた。

シロクマはいつか誠一たち夫婦の子どもに生まれ変わって、また愛の証しとなるだろう。

とぼけた二人　千梨らく

初出『５分で読める！　ひと駅ストーリー　冬の記憶　東口編』（宝島社文庫）

昭和四十年――。大学生のデートといえば、映画を観て喫茶店に入る、というコースが王道である。

田中博史《たなかひろふみ》と浦島福子《うらしまふくこ》のカップルもご多分にもれず、初デートにその王道コースを辿《たど》っていた。有楽座《ゆうらくざ》で『マイ・フェア・レディ』を観てから、カフェー・レザミに入り、今、窓際のテーブル席に向き合って座ったところだ。

田中は地味ながらスラリと背の高いやさ男。福子は赤いトッパーコートとプリーツスカートが様《さま》になるモダン女子。この、ちょっとひと目を引くカップルは、彼らのあとを二つの人影がこっそり付け回していることにまるで気づいていなかった。二つの人影がすぐうしろの席に福子と背中合わせになるかっこうで並んで腰を下ろしたのも、また然《しか》り。

だるまストーブがボッボと燃える店内は満席で、二つの人影はおひとり様の常連客との相席であった。暖を取って思い思いにくつろぐ人々の顔はどれも赤みが差していたが、若いカップルはどちらも青白い顔をしている。

窓の外にちらほら舞いはじめた雪をうっとりと見つめながら、「どうりで寒いはずだわ」と自分の腕をさする福子を、田中が気遣って言う。

「ストーブの近くの席が空いたら、変えてもらいましょうか？」

「いいえ。雪を眺めながら珈琲《コーヒー》を飲むなんてロマンティックじゃない？　じきに暖まると思うし……。あ、でも、あなたはどう？　我慢できない？」

「いえ。僕の場合、今は寒気より緊張の方が勝っています。こういう店に入るのは初めてなものですから」

おっとりしているせいでそうは見えない田中に、福子は愛《いと》おしげな笑みを洩《も》らす。

「じゃあまず、何を注文するか決めましょ。私はモカ珈琲。この店はちょっと専門的なのよ。モカ珈琲やジャバ珈琲、それからモカジャバなんかも出すの」

「ああ、福子さんは大学受験の前まで、おばあさまに連れられてよくこのお店にいらっしゃってたんでしたね」

「ええ、うちの祖母、喫茶店が好きでね。中でもここがお気に入りで、モカ珈琲一筋。ここのモカはフローラルな香《かおり》がするのよ。エチオピアの豆を使ってるんですって」

「でしたら、僕もそのモカ珈琲にしてみます」

田中は相変わらずおっとりとウエイトレスを呼び、モカ珈琲を二つ注文した。

「あ、思い出しました。エチオピアのモカ珈琲といえば、世界で最初に飲まれた珈琲であり、日本で最初に飲まれた珈琲でもあるらしいですね」

「あら、本当？　相変わらず物知りね。それも何かの小説で読んだの？」

「いえ、祖父から聞いた話です。祖父は戦前、舶来の食料品店を営んでいたんです」

「へえ、そのご商売がタナカヤストアの前身ってこと？」

「ええ。戦後、商いが軌道に乗ると、祖父は間もなく隠居したらしいですが……。おそらく読書三昧《ざんまい》の日々を送りたかったのでしょう」

「それじゃ、あなたの読書好きはおじいさまゆずりなのね。もしかして、おじいさま、語学好きでもあった？」

「ご明答です。僕は身内から、内も外も祖父にそっくりだと言われています」

　この発言に目を細めたのは、田中と福子のうしろの席に並んで座る二つの人影のうちの一つ、田中清史《きよふみ》であり、もう一つの人影は浦島ルリであった。

「それにしても驚いたわ。そちら様が田中君のおじいさまだったなんて」

「まあ、わかっていただけてよかったですわ。あわや警官を呼ばれるところでしたからな」

「だって、若い二人を付け回す年寄りがいたら、誰だっておかしいと思うでしょ？」

「よく言いますなあ。孫の初デートを案じてついてきたのはお互い様では？」

「けど、それもこれもお宅のお孫さんのせいじゃありませんか。お金持ちのぼんぼんで本の虫。浮世離れしてるってんで、お友達の間で麻呂《まろ》って呼ばれてるのはご存じ？おまけに不器用だわバカの付くようなお人好しだわ。孫娘のお相手がそんな殿方《とのがた》じゃ心配にもなりますよ」

「……いやはや返す言葉もありません。しかし、福子さんは何故《なぜ》、博史を？」

「不器用な男を好く女もいるんですよ。福子は中三のときに同級生だった田中君に恋をして、それからけなげに片想い。挙げ句、浪人までして同じ大学に追っかけていって、ようやくおつき合いをするまでに漕《こ》ぎつけたんです。働きかけは、すべてあの子の方からですけどね」

「ほお、それは積極的。博史には願ってもないお嬢さんですわ」

「って、こっちは本当ならドーンと頼りになるお相手がいいんだけど、当の福子が惚《ほ》れてるんだからしょうがないわね、って話なんですよ。せめて田中君があの子の気持ちをしっかり受け止めてくれる殿方かどうか、それくらいは確かめておかないと」

ルリと清史のこそこそ話を気にするふうもなく、相席の常連客はひとり、店内に流れるボブ・ディランとモカ珈琲をゆったりと楽しんでいた。ストーブの暖が店の隅々にまでいき渡っており、彼はジャケットさえ脱いでいる。

　ところが、すぐうしろの席の若いカップルはなかなか暖まらないらしい。未だそろって青白い顔をしているのだ。福子は相変わらず腕をさすりながらも、夢心地で『マイ・フェア・レディ』や主演のオードリー・ヘップバーンについて語っている。

　そのハリウッド映画は、方言を研究する音声学の教授ヒギンズが下町訛《なま》りの強い貧しい花売り娘イライザを完璧なレディに変身させる、という物語である。

「あのラストシーンもよかったわよね。ハラハラさせられたけど、結局イライザはヒギンズ教授と結ばれることになったんだもの」

福子の話をずっとにこやかに聞いていた田中が、ここにきて思案顔になった。

「あら、麻呂、どうしたの？　何か思うことがあるんなら聞かせて頂戴」

「……では言いますが、あの結末は原作と違うんです。原作では、イライザはヒギンズ教授の元を離れ、一文無しとなった落ちぶれ貴族フレディと結婚して二人で花屋を始めるんですね。おそらく、イライザは自分を人形ではなく対等の人間として愛してくれたフレディを選んだ、ということではないかと……」

「ふ〜ん、ハッピー・エンドではなかったのね」

福子は不満げにため息をつき、しばし考えてから一転、眼を輝かせた。

「いえ、イライザにとっては、そっちの方がハッピー・エンドだったんだわ。私、原作のラストシーンを支持する。何はなくともお互いを尊重し合える関係がいいものね。そうよ、私もたとえあなたが一文無しになったとしても、どこまでも付いていく！」

福子は勢いづいてプロポーズとも取れる愛の告白をしてしまったことに気づき、恥ずかしげに俯《うつむ》いた。一方、田中はテーブルの一点を見つめ、壊れたゼンマイ人形のように微動だにしない。

白い布をかぶった赤いビロードの椅子に腰掛けていたルリと清史はその背もたれを隠れ蓑《みの》にして、気詰まりな沈黙に陥った若いカップルの様子を窺《うかが》った。ルリが憤懣《ふんまん》やるかたない様子で言う。

「やっぱりダメだわ。こんな肝心なときに黙りこくって。男らしくないったら！」

「いや、少々お待ちを。博史はきっと、誠心誠意の返事を考えておるんです」

「ボケ～として、あれが何か考えてる顔ですか？」

「……むむ。博史、ガンバレ！　おまえならできる！　ほれ、男になりなさい！」

「ああ、可哀相な福子……」

ルリも清史もやきもきして、今にも身を乗り出さんばかりだ。

田中と福子はますます青白い顔をして、さらには歯をかち合わせ、ときおり身震いまでしている。そんな中、福子は俯いたまま、じっと耳を澄ました。祖母の声が聞こえたような気がしたのだ。いや、やはり聞こえる。今、はっきりと――。

「福子、あんたにはもっと相応《ふさわ》しい人がいるわ。さあ、今すぐうちに帰るのよ」

と、ルリはしびれをきらせて遂に福子を追い立てたが、それはちょうど、田中が意を決して口を開いたときのことだった。

「え～、福子さんは、〝The apple of my eye〟です」

緊張からか、はたまた寒さからか、その声は震え、掠《かす》れてもいた。おまけに、ルリの尖《とが》り声がかぶさってもいたが、清史はしかと聞き取り、膝を打った。

「でかした、博史！　よくぞ言った！」

「はっ？　お宅のお孫さん、今、何か言ったんですか？」

「ああ、あなた、早まってつべこべおっしゃってたから聞き逃されたんですな。博史の一世一代の告白でしたのになあ」

「わかったわ、あたしが悪うございました。ねっ、教えて下さいな。彼は何て？」

「では。『福子さんは、〝The apple of my eye〟です』と。いやあ、照れ臭くて英語にしたんでしょうが、なんともストレート！　実に男らしい！」

「ディアポーオブマアイ？」

「ええ。直訳すると、僕の目のりんご。これは聖書からきているイディオムです。人間の目の瞳孔がりんごのような形をしている。で、瞳孔イコールりんごがなければものは見えず、それほど大切なものなのである。ということで、自分にとってなくてはならないもの、かけがえのないもの、という意味になります。英文学科の福子さんなら、難なくおわかりでしょう」

「……かけがえのないもの？　それは、福子のこと？」

「もちろんです」

「あらまあ、田中君は福子のことをそんなふうに思っていてくれたのね……」

安堵《あんど》の涙と笑みを浮かべたルリの顔が、全身が、白い光に取り巻かれていく。

「よかったわね、福子。ほんとによかった。幸せになるのよ」

ルリを包み込んで球体となった白い光は陽炎《かげろう》のように揺らぎ、次の瞬間、跡形もなく消え去った。

やはり、福子さんのおばあさまはこの世の者ではなかったか……。まあ、お孫さんが心配で出てきてしまわれたのでしょう。お気持ちはおおいにわかります。

と深く頷いた清史もまた、男として立派に成長していた博史に安堵の眼差《まなざ》しを向けつつルリと同じように昇天した。

若いカップルにまとわり付いて離れなかった寒気は、心配性の幽霊達によってもたらされていたようだ。亡き祖母の声を聞いて周囲を見回していた福子の頰に赤みが差した。田中はそんな彼女を目に、満足げにほほ笑む。きっと、照れていらっしゃるのでしょう……、と。

若いカップルはそれぞれ心の中で、数ヶ月前、同時期に亡くしていた祖父と祖母に語りかけた。

「おじいさま、安心して下さい。やっと福子さんに想いを伝えることができました」

「おばあちゃん、心配させてごめんね。でもやっぱり、私、麻呂が好きなの。彼、また何も言ってくれなかったけど……」

田中の一世一代の告白は、ルリの声に妨《さまた》げられて福子に届かなかったのだった。

幸か不幸か、既に昇天してしまった清史とルリには知る由《よし》もないことである。

一年後の夏

喜多南

初出『５分で読める！　ひと駅ストーリー　夏の記憶　東口編』（宝島社文庫）

こぢんまりとした市立図書館の、自動ドアを抜けた。ここまで全速力で走ってきたから、立ち止まったことで汗がどっと噴き出してきた。

外の気温は四十度超えの、猛《たけ》り狂う暑さだった。火照《ほて》りきったあたしは顎に伝った汗を拭《ぬぐ》いつつ、入り口脇にある受付の卓上カレンダーで、今日の日付と年数を確認。

やっぱり、跳んでいる。毎年恒例になっている、時間移動だ。

静かで涼やかな館内を見渡せば、夏休みの昼下がりにしては、たいして人が多くない。学生の姿がちらほらあるけど、ざっと見た感じ知った顔はなかった。

あたしが早足で目指すのは、図書館の一番奥の棚の前。

古い資料集が並んでいて、薄暗くかび臭いので人も寄り付かないようなところだ。

待ち合わせは、いつもそこに決めていた。

最高気温を記録するような夏の一日がやってくると、あたしはちょうど一年後の未来に跳ぶ。

ただし一年に一度、たった一時間。

それは不意に起こるし、自分ではコントロールができない現象だった。少しだけ未来の世界を経験して、あたしは元の時間に帰ってくる。小さい頃からずっとそう。

いつ頃からか、あたしは一年先の『あたし』と待ち合わせをするようになった。

時間移動した日を覚えておいて、その一年後になったら、過去の『あたし』に会いに、待ち合わせの図書館へ行く。

そうすることで、ここ一年間の情報を、未来の『あたし』から先取りできるのだ。これを活かさない手はない。まぁ、得た情報で都合の悪いことを改変しようとしても、大抵《たいてい》うまくいかないんだけど。

たちならぶ本棚の角から、ひょい、と顔をのぞかせると、いつもなら「よっ」と片手を上げて、照れくさそうに笑う『あたし』がいるはずだった。

――でもそこに、『あたし』はいなかった。その代わりに、矢崎《やざき》がいた。

制服の似合わないでかい図体で、狭苦しい本棚の間に居心地悪そうに立っている。

……なんで、ここに矢崎が？　一番いちゃいけないヤツじゃないか。

だってあたしは矢崎が好きで、ガラにもなく片想いしちゃってて、矢崎との進展具合を一年先の『あたし』に聞きにきたのに。野球命の〝脳筋〟矢崎と、素直になれないあたしとじゃ、大した進展はないだろうとなかば諦めてはいるけど。高校生になったんだし、そろそろ告白したいなとか悩んでたりしてて。

ともかく、当の人物が待ち合わせ場所にいるんじゃ、恋愛相談も何もない。

矢崎もあたしに気付いたのか「うわっ」と、大げさなほど飛びのいた。まるで幽霊に遭遇したみたいな驚きようだ。

「なんであんたがここにいるの？」

「……マジか」

呆然《ぼうぜん》としている矢崎が、口元を覆い隠す。

その仕草は、ふてぶてしいコイツらしくない。どうして驚いているのだろう。小学生の頃からの腐れ縁なのだ。粗暴な扱いをしてくる悪友みたいな関係でずっとやってきた。普段だったらエルボーとかかましてくるやつなのに、何を大人しく立ち尽くしているんだ。

微妙な空気が流れて、ピリピリとした緊張感があった。あたしは妙に苛立《いらだ》ち、その後少し胸が痛くなった。

目の前にいるのは、一年先の矢崎なのだ。もしかしてあたしと矢崎の友人関係は、一年の間に壊れてしまったのかもしれない。こんな風に気まずい空気が流れる関係になってしまったのだとしたらやるせない。何をやらかした、『あたし』。くそう。

「正直、信じてなかった。でも実際目にしたら信じるしかない、よな」

「は？　なんの……」

言ってる途中で気付く。矢崎は真剣な眼差しだった。どうやら目の前の矢崎は、ずっとあたしが自分だけの秘密にしてた、時間移動能力を知っている。あたしが、一年先の『あたし』じゃないって、分かってる。でもなんで。

疑問がそのまま顔に出てたらしい。矢崎が苦しげに表情を歪《ゆが》めた。

「今日この時間に、一年前のお前が来ることは聞いてた。でも、ここで待っててもあいつは来ない。来れないいんだよ」

「なんで？　なんで『あたし』は来れない――」

不意に、矢崎があたしの手首をつかんだ。

そのまま、ぐいっと引き寄せられ、気付いたらあたしは矢崎の胸の中にいた。

「は？」

なんで矢崎に抱き締められているんだろう。

矢崎の心臓の音が耳元で大きく響いて、汗のにおいとか、かびくさい本のにおいとか、衣服のこすれる感触とか、体温とか、何もかもが近くて。

何で。何で。あたしはパニックに陥った。

「ちょ、矢崎？」

あたしは矢崎の顔を仰ぎ見る。あたしの片方の頬を、大きな手が覆ってきた。

「ずっとお前のこと、好きだったんだよ。失ってから気付いた。後悔ばっかりだ。俺の時間は、ずっと止まったままだ」

矢崎は、ひどく情けない顔してた。

心臓が痛いほど早鐘《はやがね》を打って、混乱してて、でも一つ気付いてしまったことがある。

この時間に、『あたし』は存在していない。

あたしは矢崎から離れた。顔を直視できなくて、うつむく。

「死んだんだね、あたし」

「……三ヶ月前病気が分かって、それからあっという間だった。お前が死んだのはほんの数日前のことで、正直まだ実感がない。時間移動のことは、死ぬちょっと前に聞いたんだ。だから、俺はお前に会いに来た。お前、過去に戻るんだろ？　だったらさ、だったら、未来を変えることも可能なんじゃないか？　早く病院に行くとか、何かどうにかすれば、お前が死なない未来だって作れるんじゃないかって」

矢崎が色々言ってくる間に、涙が頬を伝っていた。自分が死ぬなんて聞いて、平然としていられるわけがない。信じたくない。しゃくりあげて、か細い嗚咽《おえつ》が号泣《ごうきゅう》に変わって、あたしは死にたくないと泣き喚《わめ》いた。

その間、矢崎はずっとあたしのそばにいてくれた。泣くのを堪《こら》えているように、ぎゅっと唇を噛《か》んでいた。

時間が経《た》って、あたしは辛《つら》いながらも、少し冷静さを取り戻した。

「矢崎、そういえば野球は？　夏休みは毎日練習でしょ？　二年の夏は絶対甲子園目指すって言ってたじゃん、こんなところにいていいの？」

「野球はやめた。お前が病気なのに、そんなことしてられないだろ。死ぬまで、ずっとそばにいた」

吐き捨てる矢崎を前に、あたしは呆然とした。

「とにかく、未来を変えるんだ。絶対変えられる。だから、一年前の俺に告《こく》ってくれよ。俺、野球のことばっかりで、全然鈍くて、でもお前に言われたらきっと……」

ぐしぐしと鼻を鳴らしながら、あたしは決意をこめてしっかりうなずく。元の時間に戻ったら、やらなきゃいけないことがある。

得た情報で都合の悪いことを改変しようとしても、大抵うまくいかない。それでも、ほんの少しだけでも、可能性があるなら、未来を変えたい。いや、変えてみせる。

だから、あたしは。


あたしは病気にかかって、余命わずかという宣告をされた。

十七歳、青春真っ盛りの夏なのに、お先真っ暗。ほんの一年前までは元気に走り回っていたのが嘘《うそ》みたいだ。

心残りといえば、もうすぐ過去から『あたし』がやってくる日なんだけど、その日まで生きていられそうにない、ということだ。どうにかあたしの状態を知らせる手段があればいいんだけど、症状が悪化して病室から出られないし、時間移動能力は誰にも話していない秘密なので、何かしら方策を練らなきゃいけないと思う。

蟬《せみ》の声が、窓の外から遠く聞こえる。あたしはベッドへ体をしずめ、一息つく。

今のあたしは前のあたしとは別人みたいな姿になっている。

全身が痛みで悲鳴を上げている。やせ細って腕をあげることすらままならない。食事も喉を通らない。大量の投薬治療で毛がなくなった。吐き気がずっと止まらない。

ベッドの横には、備え付けのテレビが置いてある。日中はずっとつけっぱなしにしているそれを横目で見ると、少しだけ辛さを忘れることができた。夢中になれた。

放送されているのは、高校野球の地方予選の中継だ。

ずっと心の中で応援しているピッチャーの姿をテレビの中に見つけて、あたしは嬉《うれ》しくなった。

「矢崎、がんばれ」

その名前をあたしは呟《つぶや》く。かすれた声で精一杯の、エールを送る。

矢崎はマウンドに立ち、手の甲で汗を拭って真っ直ぐに前を見据えている。カッコイイじゃん。さすがはあたしが恋した矢崎だ。

あたしは、発病する前に、慎重に矢崎との距離を置いていった。今の矢崎はあたしが病気なことすら知らない。

あたしが病気になって、野球をやめてしまった矢崎はこの世界に存在しない。

だから、あたしは病室で一人だった。きっと、最期まで。

矢崎率いる我が高校の野球部は、この試合に勝てば、甲子園出場が決定する。
胸が熱くなる、手に汗握る展開だった。
全力で投球している矢崎を見ていると、清々《すがすが》しい気持ちになる。
その姿を見られただけで、あたしは、満足だ。

初天神　降田天

初出『10分間ミステリー　THE BEST』（宝島社文庫）

視線に気づいたのは、夜風が湯煙を払ったときだった。山間《やまあい》の一軒宿、男湯の露天風呂には自分しかいないと思っていたが、もうひとり客がいたらしい。

岩の囲いの向こう、黒々と広がる斜面には、年の瀬に降った雪がまだらに残っている。さらさらと聞こえてくるのは、すぐ下を川が流れていく音だ。その先は滝になっていて、滝壺《たきつぼ》が大きな口を開けて流れを呑《の》んでいる。いい塩梅《あんばい》で景色を眺めているうちに、知らず鼻唄が出ていた。

視線の主にちょっと頭を下げると、相手は湯煙をかき分けて近づいてきた。タオルを乗せた頭は黒々として、腹がたるみかけてはいるが肌には張りがある。四十前といったところか。還暦を超えた俺から見れば若造だ。

妙になれなれしいやつで、岩に腰かけたり湯に入ったりをくり返しながら、「ご旅行ですか」だの「どちらから」だのと尋ねてくる。俺も人嫌いなほうではないから適当に返事をしていたら、ちょっと会話が途切れたとき、岩に座っていた若造が急にざぶんと湯に体を沈めた。

「あのっ、あなた、桶家《おけや》丑之助《うしのすけ》さんじゃありませんか」

湯が跳ねて、俺の垂れ下がった頬を叩《たた》いた。

ずいぶんなつかしい名前だ。もう三十年近くも前、俺が噺家《はなしか》だったときの。

何食わぬ顔で否定するには間が空きすぎた。俺が何も言わないうちに、若造は「やっぱり」と顔を赤くした。

「歌ってる声を聞いて、もしかしてと思ったんですよ。子どものころに一度、あなたの噺を聞いたことがあるんです。〈子ども落語〉、覚えてませんか。若手の噺家さんが何人か、町の体育館に来てくれて。丑之助さんの演目は『初天神《はつてんじん》』でした」

もちろん覚えていた。忘れるはずがない。

「僕は両親と一緒に聞きに行って、あの『初天神』に感動したんです。絶対また聞こうと思ってたのに、あれからすぐに引退しちゃったと知ったときはショックでしたよ。いったいどうして」

そりゃ悪いことしたな、と俺は曖昧にかわした。

「CDなんかもなくて弱りましたよ。大人になって、いくつかの公演がネットに音声だけアップされてるのを見つけて聞いてるけど、さすがにあの『初天神』はありません」

俺は湯に浸かった自分の手を見ていた。皮膚は木の皮のように硬くなり、しわとしみが目につく。

「〈子ども落語〉でのあのオチは、丑之助さんがアレンジしたオリジナルだったんですね。あとで知りました」

早口でまくしたてる若造の顔が赤いのは、温泉のせいだけではなさそうだ。記憶のなかの体育館にこの顔を探してみたが、見つけられるはずもなかった。そもそもあの日、俺は舞台の袖ばかりを気にして、客の顔など見てはいなかったのだから。

若造はざぶりと顔を洗った。

「丑之助さん、お願いです。こうして会えたのも何かの縁と思って、あの『初天神』をもう一度聞かせてくれませんか」

いきなり何を言うかと思えば。呆気《あっけ》に取られて間の抜けた声が出た。

「はあ、そんなもん忘れちまったよ」

「筋なら僕が覚えてますから」

「噺《はな》し方だって忘れちまってるよ」

「そこをなんとか」

若者が勢いよく頭を下げた拍子に、タオルが湯のなかへ飛び込んだ。あたふたと拾って絞りながらも「お願いします」と赤い顔を寄せてくる。

「なんなんだ、おめえは」

子どものころに一度聞いただけの噺に、それほど思い入れを抱くものだろうか。奇異に感じる一方で、まあいいかという気持ちも働いた。親が子のおねだりに振り回される『初天神』を、子のような歳の若造にねだられる、こんな巡り合わせもおもしろい。

『おとっつぁん、初天神に行くんだろ。おいらも連れてっておくれよう』

『だめだ、だめだ。おめえはすぐ、あれ買ってくれ、これ買ってくれって言うんだから』

『あれ買ってくれ、これ買ってくれって言わねえよ。約束する。男と男の約束だ』

軽く咳《せき》払いをして始めてみたとたん、すらすら言葉が出てくることに驚いた。下手くそなのは当然、喉も舌も思うように動かないが、忘れてはいないのだ。

『おとっつぁん、こんなに店があるのに、今日はおいら、あれ買って、これ買ってって言ってないでしょ。いい子だよねえ』

『おう、そうだな、いい子だ』

『いい子だから、何かごほうび買ってよ』

若造が笑い声をたてた。木の葉のさざめきも、寄席《よせ》に響く笑い声に思えてくる。

『おい、ちゃんと足もと見て歩け。着物汚したらおっかあに叱られるぞ。俺まで叱られるんだからよ。下見ろって言ってんだ、ばか』

自然に手が動き、湯を叩《たた》いていた。その手を目もとへ当てて泣き真似《まね》をする。

『おとっつぁんがぶったから飴《あめ》落としたあ』

『どこに落としたんでえ』

『腹んなか。ねえ、代わりに凧《たこ》買ってよう』

『やっぱりおめえなんか連れてくるんじゃなかった』

しぶしぶ凧を買う芝居。

『おとっつぁんが揚げて、それからおめえに糸持たせてやるから、凧持って向こうのほう行きな。もっと向こうだ、もっともっと。おい、そこはだめだ、上に木の枝が張り出してるだろ。もっとあっちへ寄れ』

方向を示そうと左右に振る手が湯を弾《はじ》く。

『いてえっ。おいガキ、どこ見てやがる』

『おっと、すいませんね。そいつはうちの倅《せがれ》でして、このとおり謝りますから勘弁してやってください。さあ金坊《きんぼう》、もっとあっちへ寄れ。あっちだ、あっちっつってんだろ』

『いてえっ。いい大人が凧揚げに夢中になって人の頭叩くたあ』

『おっと、すいませんね。そいつはうちの親父でして、このとおり謝りますから勘弁してやってください』


糸を操る仕種《しぐさ》で空を仰げば、まんまるい月が浮かんでいる。


『どうだ、高く揚がったろう』

『すごい。おいらにも持たせて』

『まあ、待て、もっと高いとこへ揚げてやるから。おっ、いい風が来たぞ。うひょう、こりゃいいや。ここをこう、よっと、どうだ』

『ねえ、おいらにも持たせてよ』

『うるせえな、こんちきしょう。これはガキが持つもんじゃねえんだ』

『こんなことなら、おとっつぁんなんか連れてくるんじゃなかった』

ふつう『初天神』はここで終わる。俺はちらりと若造《サゲ》を見た。期待に満ちた顔で続きを待っている。あの日の俺の『初天神』を。

束《つか》の間、川のせせらぎに耳を澄ました。その先にある滝壺を思った。

『いてえっ。親子喧嘩《げんか》なら家でやれ』

『あれま、すいませんね。それはうちの亭主と倅でして、このとおり謝りますから勘弁してやってください。まったくあんたたちは、心配して来てみりゃこれなんだから』

『おっかあ』

『おさよ』

湯に顔がつくほど頭を下げたから、若造から俺の表情は見えなかったろう。

『天神参りで、これがほんとのかみさんのご加護』

若造が手を叩いた拍子に、また頭のタオルが落ちそうになった。慌てて押さえた若造の目は、笑いの形を保ちながら潤んでいる。

「ありがとうございました。実はこの『初天神』には特別な思い入れがあるんです。あのころ僕の両親は離婚寸前で、〈子ども落語〉は家族そろって出かける最後のイベントになるはずでした。でも親子のやりとりで笑う僕を見て、オチで泣いてしまった僕を見て、両親は考え直しました。丑之助さんの噺が、家族の人生を変えたんです」

勝手に身の上話を披露して、若造は嚙《か》みしめるように間を置いた。俺もちょっと言葉が出なかったから、静けさのなかで自分の鼓動がよく聞こえた。

「どうしてああいうオチにしたんですか」

うるせえな、こんちきしょう。頭のなかに用意した答えが、声にならなかった。

小夜子《さよこ》――かつての恋人の姿が目に浮かぶ。兄弟子がしつこく言い寄っているのは知っていた。あの日、袖で聞いている兄弟子への牽制《けんせい》のつもりで、「おっかあ」に「おさよ」という名を与えた。兄弟子の不興を買った俺は、それから一年もしないうちに落語の世界にいられなくなった。

俺は答えを濁して立ち上がった。若者も一緒に上がるようだ。

そろいの浴衣《ゆかた》で脱衣所を出ると、子ども用の浴衣に身を包んだ少女が、わざとらしく頰を膨らませて待ち構えていた。

「お父さん、遅い。お父さんなんか連れてくるんじゃなかった」

「僕が『初天神』を聞いてるのを一緒に聞いてたせいです」

若造の声に苦笑が混じった。生意気に、急に親の顔になって娘に応じる。

「ごめんごめん。でもそういう言い方したらだめだって言ってるだろ、さよ」

さよ、と俺は思わず口にしていた。若造が少しはずかしそうな笑みを向けてくる。

「今日はお会いできて本当に幸運でした。ここへはよく来るんですか」

最初に「ご旅行ですか」と訊《き》かれたとき、俺はそうだと答えた。嘘《うそ》だった。少なくとも慰安や観光が目的ではなかったし、帰るつもりもなかった。

去年の暮れに小夜子が死んだ。落語界を追放された俺と一緒になり、子にも恵まれず、苦労に苦労を重ねた一生だった。しわとしみが目につく顔をくしゃくしゃにして、おもしろい人生だったと笑った。ここへは昔、小夜子と来たことがある。滝壺を覗《のぞ》き込んではしゃいだものだった。

俺は図々しい若造に笑みを返した。

「また来てえもんだ」

有り金をはたいてしまったから、いつになるかわからないけれど。

親子を見送り、背筋を伸ばした。

かみさんのもとへ行くのは、もうちょっと先でもいいよな――小夜子。

「これがほんとのかみさんのご加護」

タオルを扇子《せんす》代わりにして、ぽんと手のひらを打つ。

「あたしの人生のオチも変えてみようかね」

アンゲリカのクリスマスローズ　中山七里

初出『5分で読める！　ひと駅ストーリー　冬の記憶　東口編』（宝島社文庫）

彼女の眠る場所は古びた墓地の奥にあった。

わたしは献花を携えてそこに向かう。何か思い悩んだ時、あるいは喧騒《けんそう》から逃れたい時、わたしはしばしばここを訪れるようになっていた。

雪で薄化粧を施された墓石の周りに、薄紫のクリスマスローズが顔を覗《のぞ》かせていた。クリスマスローズは別名雪起こしとも呼ばれる。冬枯れの大地の中から雪を持ち上げるようにして花を咲かせるからだ。男のわたしがこんな知識を得たのも、元はといえば愛する女性が殊《こと》のほか、この花を気に入っていたからに過ぎない。

我が愛する女性、アンゲリカ。享年二十三歳。

ああ、何という若さのうちに彼女は逝《い》ってしまったのだろう。残されたわたしは今年で五十過ぎだというのに。

アンゲリカ――いや、彼女の前ならニックネームのゲリと呼んでも構わないだろう――ゲリがこの世を去ってからもう九年も経《た》つというのに、わたしは一日たりとて彼女を忘れたことはなかった。彼女を初めて見た時の衝撃と憧憬《どうけい》と同様に。

ゲリはわたしの姉アンゲラの娘だった。八歳の時に父親が亡くなり、その後アンゲラの女手《おんなで》一つで育てられた。アンゲラとわたしが異母姉弟という事情もあり、ゲリと初めて会ったのは彼女が十四歳の時だった。

天真爛漫《てんしんらんまん》というのはまさしく彼女のためにある言葉だと思った。相手が大人だろうが目上の人間だろうが、思ったことを遠慮なく口にする。どこまでも自由奔放で、彼女の言動を止められる者は誰もいなかった。その癖、誰からも愛され、賑《にぎ》わいの中心にはいつも彼女がいた。彼女が笑うとそれだけで空気が軽やかになるような気がしたのだ。

行動的な性格で、よく映画やショッピングに出掛けた。だが、決して華美なものを好んだ訳ではなく、服装は大抵《たいてい》プリーツスカートに白ブラウスという楚々《そそ》とした出で立《い》ちだった。そんな秘められた慎ましさもわたしを惹《ひ》きつけずにはおかなかった。

一方のわたしといえば、礼儀正しさだけが取り柄の陰気な男だった。貧しい生活に首までどっぷり浸かっていたせいか社交性に乏しく、女性に対して軽口の一つも叩《たた》けない。今も尚《なお》五十を過ぎて独り身なのは、偏《ひとえ》にこの性格が災いしている。つまり、わたしとゲリはまるで正反対の性格だったのだ。

だからわたしがゲリに惹かれたのも当然といえた。人間はないものねだりの動物だ。自分に足りないものを無意識のうちに欲する。わたしの目には、ゲリの陽気さと奔放さがまるで太陽のように映ったのだ。だが、わたしに何ができただろう。いくら異母姉の娘とはいえ、わたしは彼女の叔父《おじ》であり、しかも二十ほども齢《とし》が違うのだ。わたしは狂おしい想いを胸に秘めたまま、彼女の前では優しい叔父として振る舞うしかなかった。

二人の関係が変化したのは、わたしが三十五歳の時だった。当時わたしは大層な罪を犯し、禁固五年の判決を受けて服役していた。この世に牢獄ほど色彩に乏しいところはない。ところが来る日も来る日も灰色の壁を眺め続けていたわたしに、ある日面会者が現れた。

ゲリだった。

彼女は抱えていたクリスマスローズをわたしに手渡した。淡黄色の可憐な花弁だった。

「ずいぶんと大人しい花だね」

「迷ったけど、わたしの好きな花だったから……それに、今の叔父さまに一番合っていると思ったから」

「今のわたしに？」

「クリスマスローズは冬の寒さに耐え忍んで花を咲かせるの。だから不屈の精神を表わす象徴という人もいるのよ」

不屈の精神。

それを聞いた刹那《せつな》、朽ちかけていたわたしの内部に火が点《とも》った。単純なものだ。希望のひと欠片《かけら》さえあれば、人は闘う理由を見つけられる。

「この場合負けるなということは、無事に刑期を終えて出て来いという意味になるよ」

「わたし、待っています」

「え？」

「叔父さまがここから出られる日まで、ずっと待っています」

ゲリは格子の隙間から私の手を強く握ってくれた。小さくて温《ぬく》もりのある手。それがどれほど嬉《うれ》しく、そしてどれだけ危険な誘惑であるのか、わたしも知らなかった訳ではない。だが目の前で、己《おのれ》の太陽と賛美した女性が微笑《ほほえ》みかけているのだ。そんな誘惑に勝てるのは偏屈な聖職者くらいのものだろう。そしてわたしは宗教には無縁の人間だった。

「それは契《ちぎ》りと受け取ってよいのだろうか」

「叔父さまさえよろしければ」

それが合図だった。わたしたちはどちらからともなく顔を近づけ、唇を重ねた。

出所後、アンゲラがわたしの身の回りを世話するようになったため、ゲリとの距離は物理的にも縮まった。

わたしの気持ちを確認したゲリは大胆になり、ゲリの気持ちを知ったわたしは有頂天になった。一つ屋根の下で燃え上がった情熱は二人の肉体を爛《ただ》れさせるには充分で、昼夜を問わずわたしたちは交わった。今にして思えばゲリの母親もそれを黙認していたフシがある。昔からわたしは外敵にはともかく、身内からはいつも寵愛《ちょうあい》されてきたのだ。わたしの一族は純血ということに寛容で、しかも誇りさえ持っていた。最愛の女性を抱くことがこれほどの愉悦だとは想像すらしなかった。誓ってもいい。現在に至るまでわたしが生涯で本当に情熱を掻《か》き立てさせられたのは、唯一ゲリだけだったのだ。

ゲリを得たわたしは無敵だった。以前から続けていた仕事を一挙に拡大し、わたしは間もなく重要人物として扱われるようになった。日々は多忙を極め、わたしは二人分三人分どころか一個小隊分の仕事をこなさなければならなくなった。外に愛人ができたのもその頃だ。英雄は色を好むというのは本当で、仕事が順調であればあるほどわたしの本能は女性を欲した。

そんなわたしの変心にゲリが気づかないはずもなく、次第に彼女は不満を募《つの》らせ始めた。一人で外出することが多くなり、陽気でしかなかった顔に影が差すようになった。共に暮らしているとはいえ、正式に結婚している訳ではない。ゲリが散財しようが、外を遊び歩こうが、わたしにできるのは叔父としての叱責だけだった。だが、わたしの罪悪感を見透かしていたゲリは叱責を冷笑で返すようになった。

そして悲劇が起きた。

ゲリが凌辱《りょうじょく》されたのだ。

相手はゲリが軽い気持ちで（そうに決まっている）付き合っていたアンドレイとい

う外国人で、芸術家くずれのくだらないチンピラだった。しかも悪いことは重なるもので、こともあろうにゲリはその男の子供を身籠《みごも》ってしまった。

災禍は連鎖する。妊娠の事実を知らされたゲリは傷心のまま徒《いたずら》に時を過ごしていた。わたしの留守中に手紙が届いたのは、ちょうどそんな時だった。運命の悪戯《いたずら》だとしか言いようがない。届いた手紙は愛人がわたしに宛てたラブレターだったのだ。

開封して読み終えるなり、ゲリは手紙を四つに破り捨てた。そして思い詰めた表情で自室に閉じ籠った。家政婦には誰も部屋に入れるなと言い残して。

ゲリの死体が発見されたのは翌朝のことだった。ゲリは布で包んだ銃を口に咥《くわ》えて発砲していた。わたしが家に駆けつけた時には、警察が死体を運び出した後だった。

わたしは三日三晩煩悶《はんもん》し、世界を呪った。

そして四日目の夜、世界よりも先にアンドレイを憎むのが先決であることに気がついた。全ての元凶はあの男だ。あの男を屠《ほふ》らない限り、ゲリとわたしは永遠に安寧を得ることができない。しかし既にアンドレイは母国に逃げ帰った後で、わたしの手の届かないところにいた。

わたしは更に苦悶した。いかなる重要人物であろうと人一人殺せば罪になる。それではわたしの事業が継続できなくなってしまう。

そこで一計を案じた。ヒントを与えてくれたのは一冊の推理小説だ。イギリスのクリスティという作家が書いたもので、非常に興味深い内容だった。それによれば、個人の殺害動機を隠蔽《いんぺい》するためには、他にも無関係な殺人を繰り返し、発生する多くの動機に紛《まぎ》れ込ませてしまえばいいのだという。

素晴らしく秀逸なアイデアだ。だが、わたしはその考えを更に発展させてみた。四つの殺人を犯せば動機は隠せるかも知れないが、それでも四分の一は疑惑を持たれることになる。自分をより安全圏に置くには四つよりは五つ、五つよりは十の殺人を行う方がずっと理に適《かな》っているではないか。

そしてわたしはそれを実行した。アンドレイを含め、何人もの外国人の命を奪ってやった。今では死体の数が多過ぎて、アンドレイの死をゲリと関連づける者は誰もいない。

だが一度湧き起こった殺戮《さつりく》の嵐は、もうわたし自身にも止めることができなかった。わたしはこれからも両手を血で染めていくのだろう。

愛するゲリ。せめて今だけはわたしに安らぎを与えておくれ。こうして君の好きだった花を捧げるから。

わたしは墓石の上に淡黄色のクリスマスローズを手向《たむ》けた。

〈Angelika Maria Raubal　1908～1931〉

しばらく黙禱《もくとう》していると、無粋《ぶすい》な部下がわたしを呼びに来た。

「ヒトラー総統。官邸でゲーリング元帥がお待ちです」

この物語はフィクションです。作中に同一の名称があった場合も、
実在する人物、団体等とは一切関係ありません。

執筆者プロフィール一覧 ※五十音順

天田式（あまだ・しき）

一九五五年生まれ。第一回『このミステリーがすごい！』大賞・優秀賞を受賞、式田ティエンとして『沈むさかな』にて二〇〇三年デビュー。他の著書に、式田ティエン名義で『月が１００回沈めば』『湘南ミステリーズ』、天田式名義で『残る虫　百姓米蔵仇討ち千里』（以上、宝島社）がある。

大間九郎（おおま・くろう）

一九七七年、神奈川県生まれ。第一回『このライトノベルがすごい！』大賞・栗山千明賞を受賞。同受賞作『ファンダ・メンダ・マウス』で二〇一〇年にデビュー。他の著書に『オカルトリック』『絶名のドラクロア』（以上、宝島社）。また『マズ飯エルフと遊牧暮らし』『エルフデッキと戦場暮らし』『幕末イグニッション』（以上、講談社）でマンガ原作を担当。

岡崎琢磨（おかざき・たくま）

一九八六年、福岡県生まれ。京都大学法学部卒業。第十回『このミステリーがすごい！』大賞・隠し玉として、『珈琲店タレーランの事件簿　また会えたなら、あなたの淹れた珈琲を』（宝島社）で二〇一二年にデビュー。同書は二〇一三年、第一回京都本大賞に選ばれた。同シリーズの他、著書に『道然寺さんの双子探偵』（朝日新聞出版）、『病弱探偵　謎は彼女の特効薬』（講談社）、『さよなら僕らのスクールハウス』（ＫＡＤＯＫＡＷＡ）、『春待ち雑貨店ぷらんたん』（新潮社）、『夏を取り戻す』（東京創元社）、『下北沢インディーズ』（実業之日本社）などがある。

梶永正史（かじなが・まさし）

一九六九年、山口県生まれ。東京都在住。コンピューターメーカーに勤務。第十二回『このミステリーがすごい！』大賞・大賞を受賞し、『警視庁捜査二課・郷間彩香　特命指揮官』（宝島社）で二〇一四年にデビュー。同シリーズの他、著書に『組織犯罪対策課　白鷹雨音』（朝日新聞出版）、『銃の啼き声　潔癖刑事・田島慎吾』（講談社）、『ノー・コンシェンス　要人警護員　山辺努』（祥伝社）、『アナザー・マインド　×1捜査官・青山愛梨』（角川春樹事務所）などがある。

加藤鉄児（かとう・てつじ）

一九七一年、愛知県生まれ。第十三回『このミステリーがすごい！』大賞・隠し玉として、『殺し屋たちの町長選』にて二〇一五年にデビュー。他の著書に『桐谷署総務課渉外係　お父さんを冷蔵庫に入れて！』（以上、宝島社）がある。

喜多南（きた・みなみ）

一九八〇年、愛知県生まれ。第二回『このライトノベルがすごい！』大賞・優秀賞を受賞、『僕と姉妹と幽霊の約束』にて二〇一一年デビュー。同シリーズの他、著書に『絵本作家・百灯瀬七姫のおとぎ事件ノート』『きみがすべてを忘れる前に』『きみがすべてを忘れる前に　笑わない少女と見えない友達』『八月の

リピート　僕は何度でもあの曲を弾く』（以上、宝島社）がある。

喜多喜久（きた・よしひさ）

一九七九年、徳島県生まれ。第九回『このミステリーがすごい！』大賞・優秀賞を受賞し、『ラブ・ケミストリー』で二〇一一年にデビュー。他の著書に『猫色ケミストリー』『リプレイ2・14』『二重螺旋の誘拐』『研究公正局・二神冴希の査問　幻の論文と消えた研究者』『リケジョ探偵の謎解きラボ』『リケジョ探偵の謎解きラボ　彼女の推理と決断』『推理は空から舞い降りる　浪速国際空港へようこそ』『科警研のホームズ』『科警研のホームズ　毒殺のシンフォニア』（以上、宝島社）、『化学探偵Mr.キュリー』（中央公論新社）、『プリンセス刑事』（文藝春秋）などがある。

佐藤青南（さとう・せいなん）

一九七五年、長崎県生まれ。第九回『このミステリーがすごい！』大賞・優秀賞を受賞、『ある少女にまつわる殺人の告白』にて二〇一一年デビュー。他の著書に「消防女子!!」シリーズ、「行動心理捜査官・楯岡絵麻」シリーズ（以上、宝島社）、「白バイガール」シリーズ（実業之日本社）、「犯罪心理分析班・八木小春」シリーズ（ＫＡＤＯＫＡＷＡ）、『ジャッジメント』『たぶん、出会わなければよかった嘘つきな君に』『市立ノアの方舟　崖っぷち動物園の挑戦』『たとえば、君という裏切り』（以上、祥伝社）、『君を一人にしないための歌』（大和書房）、『鉄道リドル　いすみ鉄道で妖精の森に迷いこむ』（小学館）がある。

里田和登（さとだ・かずと）

一九七八年、東京都生まれ。第一回『このライトノベルがすごい！』大賞・金賞を受賞し、『僕たちは監視されている』（宝島社）にて二〇一〇年にデビュー。

篠原昌裕（しのはら・まさひろ）

神奈川県生まれ。第十回『このミステリーがすごい！』大賞・隠し玉として、『保健室の先生は迷探偵⁉』で二〇一二年にデビュー。他の著書に『死にたがりたちのチキンレース』『璃子のパワーストーン事件目録　ラピスラズリは謎色に』（以上、宝島社）がある。

上甲宣之（じょうこう・のぶゆき）

一九七四年生まれ。大阪府出身。立命館大学文学部卒業。元ホテルマン。第一回『このミステリーがすごい！』大賞・隠し玉として、『そのケータイはＸＸで』で二〇〇三年にデビュー。同作は二〇〇七年に劇場映画化され、人気を博す。他の著書に『地獄のババぬき』『ＪＣ科学捜査官　雛菊こまりと〝ひとりかくれんぼ〟殺人事件』『ＪＣ科学捜査官　雛菊こまりと〝くねくね〟殺人事件』（以上、宝島社）、『Ｘサバイヴ　都市伝説ゲーム』（角川書店）、『脱出迷路』（幻冬舎）などがある。

千梨らく（ちなし・らく）

第四回日本ラブストーリー大賞・エンタテインメント特別賞を受賞し、『惚れ草』（文庫化に際して『恋のくすり。飲めば私を好きになる』に改題）で二〇〇九年にデビュー。他の著書に『翻訳会社「タナカ家」の災難』『翻訳ガール』（以上、宝島社）がある。

辻堂ゆめ（つじどう・ゆめ）

一九九二年生まれ。神奈川県藤沢市辻堂出身。第十三回『このミステリーがすごい！』大賞・優秀賞を受賞し、『いなくなった私へ』にて二〇一五年デビュー。他の著書に『コーイチは、高く飛んだ』『あなたのいない記憶』『今、死ぬ夢を見ましたか』（以上、宝島社）、『図書館Ｂ２捜査団　秘密の地下室』（講談社青い鳥文庫）、『あの日の交換日記』（中央公論新社）、『ヒマワリ高校初恋部！』（ＬＩＮＥ）、『卒業タイムリミット』（双葉社）、『君の想い出をください、と天使は言った』（ＫＡＤＯＫＡＷＡ）などがある。

友井羊（ともい・ひつじ）

一九八一年、群馬県生まれ。第十回『このミステリーがすごい！』大賞・優秀賞を受賞、『僕はお父さんを訴えます』にて二〇一二年デビュー。他の著書に『ボランティアバスで行こう！』「スープ屋しずくの謎解き朝ごはん」シリーズ（以上、宝島社）、『さえこ照ラス』『沖縄オバァの小さな偽証　さえこ照ラス』（以上、光文社）、『向日葵ちゃん追跡する』（新潮社）、『スイーツレシピで謎解きを』（集英社）、『魔法使いの願いごと』（講談社タイガ）、『映画化決定』（朝日新聞出版）、『無実の君が裁かれる理由』（祥伝社）などがある。

中山七里（なかやま・しちり）

一九六一年、岐阜県生まれ。『さよならドビュッシー』にて第八回『このミステリーがすごい！』大賞・大賞を受賞し二〇一〇年デビュー。他の著書に『おやすみラフマニノフ』『さよならドビュッシー前奏曲 要介護探偵の事件簿』『いつまでもショパン』『どこかでベートーヴェン』『もういちどベートーヴェン』『合唱 岬洋介の帰還』『連続殺人鬼カエル男』『連続殺人鬼カエル男ふたたび』『総理にされた男』（以上、宝島社）、『カインの傲慢』（ＫＡＤＯＫＡＷＡ）、『帝都地下迷宮』（ＰＨＰ研究所）、『ネメシスの使者』（文藝春秋）、『騒がしい楽園』（朝日新聞出版）、『翼がなくても』（双葉社）、『人面瘡探偵』（小学館）、『悪徳の輪舞曲』（講談社）、『ワルツを踊ろう』（幻冬舎）、『死にゆく者の祈り』（新潮社）、『秋山善吉工務店』（光文社）などがある。

奈良美那（なら・みな）

一九六五年、静岡県生まれ。学生時代を京都で過ごす。第三回日本ラブストーリー大賞を受賞し、『埋もれる』で二〇〇八年にデビュー。他の著書に『ラベンダーの誘惑』『リケジョ中辻涼の幽霊物件調査ファイル』（以上、宝島社）がある。

英アタル（はなぶさ・あたる）

第三回『このライトノベルがすごい！』大賞・隠し玉として、『ドラゴンチーズ・グラタン　竜のレシピと風環の王』にて二〇一三年デビュー。他の著書に『ドラゴンチーズ・グラタン2　幻のレシピと救済の歌姫』（以上、宝島社）がある。

林由美子（はやし・ゆみこ）

一九七二年、愛知県生まれ。第三回日本ラブストーリー大賞・審査員特別賞を受賞し、『化粧坂』で二〇〇九年にデビュー。他の著書に『揺れる』『堕ちる』『逃げる』（以上、宝島社）がある。

深沢仁（ふかざわ・じん）

第二回『このライトノベルがすごい！』大賞・優秀賞を受賞。『R.I.P. 天使は鏡と弾丸を抱く』にて二〇一一年デビュー。他の著書に『グッドナイト×レイヴン』『睦笠神社と神さまじゃない人たち』（以上、宝島社）、「英国幻視の少年たち」シリーズ（1〜6）、『この夏のこともどうせ忘れる』（以上、ポプラ社）、『Ｄｅａｒ』（ＰＨＰ研究所）などがある。

降田天（ふるた・てん）

鮎川颯と萩野瑛の二人からなる作家ユニット。第十三回『このミステリーがすごい！』大賞・大賞を受賞し、

『女王はかえらない』で二〇一五年にデビュー。他の著書に『彼女はもどらない』『すみれ屋敷の罪人』（以上、宝島社）、『偽りの春　神倉駅前交番　狩野雷太の推理』（KADOKAWA、表題作「偽りの春」で第七十一回日本推理作家協会賞短編部門を受賞）などがある。

堀内公太郎（ほりうち・こうたろう）

一九七二年生まれ。三重県出身。第十回『このミステリーがすごい！』大賞・隠し玉として、『公開処刑人　森のくまさん』で二〇一二年にデビュー。他の著書に『公開処刑板　鬼女まつり』『だるまさんが転んだら』『公開処刑人　森のくまさん　―お嬢さん、お逃げなさい―』『既読スルーは死をまねく』（以上、宝島社）、『「ご一緒にポテトはいかがですか」殺人事件』（幻冬舎）、『スクールカースト殺人教室』『スクールカースト殺人同窓会』（以上、新潮社）、『タイトルはそこにある』（東京創元社）、『ゆびきりげんまん』（LINE）がある。

森川楓子（もりかわ・ふうこ）

一九六六年、東京都生まれ。第六回『このミステリーがすごい！』大賞・隠し玉として『林檎と蛇のゲーム』にて二〇〇八年デビュー。他の著書に『国芳猫草紙　おひなとおこま』（以上、宝島社）がある。別名義でも活躍中。

宝島社
文庫

5分でドキッとする！　意外な恋の物語
（ごふんでどきっとする！　いがいなこいのものがたり）

2020年8月20日　第1刷発行

編　者　『このミステリーがすごい！』編集部
発行人　蓮見清一
発行所　株式会社 宝島社
〒102-8388　東京都千代田区一番町25番地
電話：営業 03(3234)4621／編集 03(3239)0599
https://tkj.jp

印刷・製本　株式会社廣済堂

ISBN 978-4-299-00800-8

「行動心理捜査官・楯岡絵麻」シリーズ

サイレント・
ヴォイス
行動心理捜査官・
楯岡絵麻
定価: 本体648円 +税

ブラック・
コール
行動心理捜査官・
楯岡絵麻
定価: 本体660円 +税

インサイド・
フェイス
行動心理捜査官・
楯岡絵麻
定価: 本体660円 +税

サッド・
フィッシュ
行動心理捜査官・
楯岡絵麻
定価: 本体660円 +税

ストレンジ・
シチュエーション
行動心理捜査官・
楯岡絵麻
定価: 本体660円 +税

ヴィジュアル・
クリフ
行動心理捜査官・
楯岡絵麻
定価: 本体660円 +税

セブンス・
サイン
行動心理捜査官・
楯岡絵麻
定価: 本体660円 +税

ツイン
ソウル
行動心理捜査官・
楯岡絵麻
定価: 本体660円 +税

宝島社　お求めは書店、公式直販サイト・宝島チャンネルで。　宝島社　検索

「ひと駅ストーリー」「10分間ミステリー」シリーズから
“泣けるいい話”だけを集めたベストセレクション！
宝島社文庫
5分で泣ける！
胸がいっぱいになる物語
『このミステリーがすごい！』編集部 編
ミステリー×ラブストーリー×ライトノベル
5分に一度涙する！ 超ショート・ストーリー集
『このミス』大賞作家
森川楓子
柚月裕子
中山七里
乾 緑郎
喜多喜久
佐藤青南
友井 羊
岡崎琢磨
日ラブ&エンタメ大賞作家
咲乃月音
林 由美子
上原小夜
沢木まひろ
小林ミア
『このラノ』大賞作家
里田和登
大泉 貴
喜多 南
深沢 仁
紫藤ケイ
人前で読む時は
号泣注意！
定価：本体650円＋税
全26話収録！
イラスト／北澤平祐
宝島社
お求めは書店、公式直販サイト・宝島チャンネルで。
宝島社
検索

「ひと駅ストーリー」「10分間ミステリー」シリーズから
身の毛もよだつ“怖い話”だけを厳選収録!
宝島社文庫
5分で凍る!
ぞっとする怖い話
『このミステリーがすごい!』編集部 編
怨恨、殺人、幽霊、愛憎、伝奇……
1話5分の超ショート・ストーリー傑作選
人気作家が大集合!
『このミス』大賞作家
乾 緑郎
柚月裕子
中山七里
桂 修司
伽古屋圭市
式田ティエン
佐藤青南
拓未 司
高山聖史
矢樹 純
堀内公太郎
新藤卓広
水原秀策
上甲宣之
山下貴光
日ラブ&エンタメ大賞作家
奈良美那
武田綾乃
『このラノ』大賞作家
藤八 景
深沢 仁
島津緒繰
定価:本体650円+税
全26話収録!
イラスト/456
『このミステリーがすごい!』大賞は、宝島社の主催する文学賞です(登録第4300532号)
好評発売中!